神様たちのお伊勢参り❽
湯玉の温泉と蝦蟇の毒

竹村優希

JN020330

双葉文庫

燦《さん》

「やおよろず」唯一の常駐従業員。
物静かで無表情。見た目は子供だが、仲居をこなしつつ、厨房を任されている料理人。

谷原《たにはら》芽《め》衣《い》

不運続きの中、思いつきで伊勢神宮へ神頼みにやってきた。
楽天家で細かいことは気にしない。天のはからいにより「やおよろず」で働くことに。

シロ

天と同じく、ヒトの姿に化けられる白狐。芽衣のことを気に入っていて、天をライバル視している。神様相手の商売を画策中。

天《てん》

元は荼《だ》枳《き》尼《に》天《てん》に仕える狐だが、出稼ぎと称して神様専用の宿「やおよろず」を経営している。
性格はぶっきらぼうだが、日々やってくる沢山の神様たちを一人で管理するやり手な一面も。

仁《じん》

天と共に荼枳尼天に仕えていた兄弟子。
陸奥の神様専用宿「可惜夜」の主。

因《いな》幡《ば》

昔話で語り継がれている、因幡の白うさぎ。
過去に大国主に救われて以来飼われている。
ずる賢くイタズラ好き。

プロローグ

幼い頃、近所にあった小さな神社は芽衣《めい》の遊び場だった。

友達と走り回ったり、かくれんぼをしたり、虫を見つけたりと、懐かしい日常の記憶は、必ず神社の風景と共にある。

成長するにつれ、遊び場だった神社は、恋の成就を願ったり、テストの結果を祈ったり、家族の悩みを打ち明けたりと、誰にも言えない心の内を吐露する場所になった。

思えば、ずいぶんお世話になった。

なのに、当時の芽衣は、その神社にどんな神様が祭られているのかを、一度も考えたことがなかった。

神様、どうかお願いします。

神様、うまくいきますように。

神様、助けてください。

神様。どうか、――神様。

何百回と頼ってきたというのに、神様の名を呼んだ記憶はない。

今の芽衣にとって、それは少し信じがたい事実だ。

物心ついた頃から心の拠り所にし、あれ程身近に感じていた神様の名前すら知らなかったなんて、と。

ただ、神様と直接交流することのできない現代のヒトの世において、それはさほど特殊なことではない。

数えきれない程の衝撃的な出会いを経験してきた芽衣だからこそ、より強く覚える違和感なのだ。

もし、いつかあの神社を訪れることがあったなら、今度は名前を呼ばせてほしい、と。

そして、長い年月見守ってくれたお礼を言いたい、と。

芽衣はときどき、過去の回想にふけり、そんなことを考える。

ただし。――口には出せないけれど、芽衣は、あの神社の祭神が、できれば武神ではありませんようにという密かな願望を持っていた。

芽衣にとって、武神とは怖ろしい存在だ。もちろん、すべての武神がそうではないが、多くは荒々しく、気が短い。

つい最近も、戌神《いぬがみ》捜しを請け負って訪れた大崎八幡宮《おおさきはちまんぐう》で、全国から集まってきた武神たちに囲まれ、ずいぶん肝が冷える思いをした。

武神たちが戌神を追い詰め、次々と矢を射る光景は、戦《いくさ》そのものだった。

もし、過去にすべてを打ち明けた神社の祭神が武神だったなら、恋の悩みまで打ち明けていた過去の自分を思うといたたまれない。

おそらく「そんなことは知らぬ」と一蹴《いっしゅう》されていただろう。想像すると、顔から火が出そうだ。

世の中には、知らない方が幸せなこともきっとあるのだろう。

芽衣はいつも、自分にそう言い聞かせて回想を終える。

＊

「――日本最強の……、武神、ですか」

大浪池《おおなみいけ》の龍神の件が無事終結し、数日。

報告のために伊勢神宮《いせじんぐう》の内宮《ないくう》を訪れた芽衣は、正殿《せいでん》に通されるやいなや天照大御《あまてらすおおみ》神《かみ》からただならぬ話を聞き、表情を強張らせた。

「ええ。名を建御雷命《たけみかずちのみこと》といいます。かつて、闘いで敗れたことは一度もなく、力で敵《かな》うものはいません」

「その、タケミカヅチ様が……、私に会いたい、と……」

「その通りです」

武神と聞いて条件反射的に思い出すのは、大崎八幡宮に集結していた荒々しい武神たちのこと。

しばらく武神は御免だと思っていた矢先の申し出に、芽衣は動揺せずにはいられなかった。

しかし、芽衣の心境を他所《よそ》に、天照大御神はさらに言葉を続ける。

「タケミカヅチは、かつて神々を悩ませた大鯰《おおなまず》をたったひと踏みで黙らせました。大鯰とは、地震を齎《もたら》す妖《あやかし》。お陰で、大きな災厄から免《まぬが》れることができたのです」

「す、すごいですね……。そんな怖ろしい鯰を、ひと踏みで……」

語られた話のスケール感に、芽衣は絶句した。

すると、同行していた天《てん》がやれやれと溜め息をつく。

「――こいつは、ただのヒトだ。……タケミカヅチのような名のある神が、わざわざ会いたがる理由はないだろう」

おそらく、芽衣の心境を察し、進言してくれたのだろう。

芽衣はかすかな期待を込め、簾越《すだれご》しに天照大御神の方を見つめた。——けれど。

「理由は聞いていません。ですが、ただの興味だけとも思えません。……天、タケミカズチには近々やおよろずへ向かうよう伝えます。部屋をご用意いただけますか？」

薄々察してはいたけれど、どうやらこれは決定事項らしい。芽衣はもはや、覚悟を決める他なかった。

天は芽衣にチラリと視線を向けた後、こくりと頷《うなず》く。

「金を払うなら」

「では、決まりですね」

心にじわじわと不安が広がる一方で、芽衣は、天照大御神を前にしてもきっちりお金の話をする天のメンタルに驚愕《きょうがく》していた。

「——確かに、とんでもなく強いという噂《うわさ》は聞いたことがある。……だが芽衣、タケミカズチはむしろ、交渉術の方が有名だぞ」

「交渉術……？」

やおよろずへ帰り、厨房《ちゅうぼう》で項垂《うなだ》れる芽衣の不安をわずかに解いてくれたのは、意外にも因幡だった。

どうやら、因幡はタケミカズチのことを知っているらしい。

「そうだ。強いのは確かだが、争いを好まず巧みな話術で説き伏せることで知られているのだ」

「へぇ……、ちょっと想像と違ったかも……。……ってか、因幡はどうして詳しいの……？」

「阿呆《あほう》。俺が誰に拾われたと思っている。大国主《おおくにぬし》だぞ。大国主と言えば、〝国譲り《くにゆず》〟だろう」

「国譲り……？」

「……お前は本当になにも知らんな！」

因幡は長い耳をだらりと垂らし、大袈裟《おおげさ》に溜め息をつく。

馬鹿にされているというのに、仕草だけはたまらなく可愛いから始末に負えない。

芽衣はその柔らかい体を抱え上げた。

「意地悪なこと言わないで教えてよ……。国譲りってなに？　もしかして、戦？」

「まったく違う。だが、重大な歴史だ。国譲りとは、天照大御神をはじめとした天津《あまつ》神《かみ》が葦原中国《あしはらのなかつくに》に天下《あまくだ》りした頃に――」

「待って……。もうちょっと簡単に……」

芽衣が慌てて止めると、因幡はふたたび溜め息をつく。けれど、文句を言いながらも、なんだかんだで付き合ってくれるのが因幡だ。現に、因幡は頭を抱えつつも、言葉を選びながら説明を続ける。

「……阿呆の相手は疲れるな。……まず葦原中国とは、高天原《たかのはら》と黄泉《よみ》の間。つまり、今俺やお前がいるところだ」

「神の世のこと……？」

「いや、ヒトの世も含む。元々二つの世に境がなかったという話は、お前も覚えているだろう」

「麻多智《ま.たち》様が境界を引いて以来、分かれたんだよね？」

「そうだ。……天津神と呼ばれる天照大御神たちが高天原から天下りするまで、この葦原中国は、国津神《くにつかみ》と呼ばれる大国主たちが治めていたのだ。簡単に言えば、大国主が天照大御神に国を譲った。……それを、国譲りと言う」

「国譲り……」

「天下り前の葦原中国は、混沌《こんとん》としていた」

因幡の説明によると、天下り前、大国主たち国津神は、武力や争いによって国を統治していたのだという。

そこに、天照大御神の使いとして派遣されてきたのが、タケミカズチ。

タケミカズチは大国主の前で、「国を争いで治めるならば、民衆は強い者の所有物となる」と諭した。

さらに、「天照大御神は、民衆の意志を尊重した、慈愛に満ちた国造りを望んでいる」とも。

かねてから武力での統治に疑問を持っていた大国主はその言葉に共感し、国を渡すことを決めたらしい。

「――こうして、今の葦原中国がある。……どうだ。理解したか」

「うん。……なんだか、素敵な話」

芽衣はすっかり因幡の話に聞き入ってしまっていた。

因幡は得意げに髭《ひげ》を揺らす。

「まあ、もちろん一筋縄ではいかぬ。抗《あらが》った神もいたが……、戦わねばならぬときも、勝敗を決めたのは相撲《すもう》だった」

「そうなんだ……。きっと恐い神様だろうなって思ってたけど、少し安心したよ」

「まあ、お前は武神の弓で脇腹を射抜かれているからな。トラウマになるのも仕方がない」

「全然痛くなかったけどね」

芽衣の脇腹の傷は、もう跡形もなくなっていた。

普通のヒトの体なら間違いなく重傷だが、ヒトでなくなりかけている芽衣の体は異常に強い。

考えようによっては幸運だが、これこそまさに、芽衣の最大の悩みの種でもある。

発端となった指先の切り傷も、奇妙にパックリと割れたままだ。

天照大御神からの頼みを請け、方々の神様たちの厄介事《やっかいごと》を解決するたびに少しずつ塞《ふさ》がっているが、どうやら、これはかなり気の長い話らしい。

「それにしても、そのタケミカズチが芽衣にいったいどんな用があるというのだろうな」

「わからないけど……、恐い神様じゃないならいいや」

「さすが、単純な女だ」

「……誉《ほ》め言葉だと思っておくね。……じゃ、ちょっと畑に行ってくる」

因幡のお陰で少し安心した芽衣は、考えるのをやめて、着物の袖をまくった。

思えば、やおよろずで仲居の仕事をするのは数日ぶりとなる。

留守中は、天が探してきた狐たちが臨時で働いてくれていたが、芽衣が管理している畑に関しては手つかずのままだ。

秋が深まった今、畑では立派な小松菜が育っている。

ここしばらくというもの、食いしん坊の因幡が興味を示さないような、葉野菜を中心に育てていた。

収穫をしていると、ふと日常が戻ってきたような気持ちになって、徐々に心が安定する。芽衣は立派な小松菜を選び、丁寧《ていねい》に収穫した。

「タケミカズチ様、小松菜は好きかな……」

青々とした葉を眺めながら、つい零《こぼ》れるひとり言。――すると。

「――ああ。是非貰《もら》おう」

突如、背後から響いた聞き慣れない声。

驚いて振り返ると、そこには、木にもたれかかって微笑《ほほえ》む、屈強な男がいた。

「……あ、あの」

「今、名を呼んだろう」

「……もしかして、タケミカズチ様、ですか」

「いかにも。お前は芽衣だろう。数々の噂を耳にし、ずっと会いたいと思っていたのだ」

「お、恐れ入り、ます……」

まさかこんなに早く現れるとは思わず、芽衣は混乱した。ただ、その一方で、心の中には安心感が広がっていた。

理由は、タケミカズチのいかにも優しげな表情。想像通り全身に鎧《よろい》を纏《まと》った大男だったけれど、それが物々しく感じられない、やわらかい雰囲気を纏っている。

芽衣は立ち上がり、ペコリと頭を下げた。

「い、いらっしゃい、ませ……！」

「……そういえば、私は客として来たのだったな。宿に泊まることなど滅多になく、すっかり忘れていた。金を払えと言われているが、これでよいだろうか」

タケミカズチはそう言うと、懐からこぶし大の金の塊《かたまり》を取り出し、芽衣へ差し出した。

見たことのない大きさに、芽衣は面喰らう。

ちなみに、やおよろずのお代は決まっていない。

お客様の〝心ばかり〟に委《ゆだ》ねる方針だ。

一見すると親切にも思えるが、天いわく、ほとんどの神様は気風《きっぷ》がよく、上限を設けない方が儲かるのだという。

ただ、それにしても、タケミカズチが手にしている金はあまりに大きく、明らかに払い過ぎだった。

「えっ……！　い、いただき過ぎです……！」

慌てて一歩下がる芽衣の手を、タケミカズチはそっと引き寄せ、手のひらに金を載せる。

そのずっしりとした重さが芽衣の焦りをさらに煽《あお》り、返そうと両手を差し出すけれど、タケミカズチは首を横に振って受け取ってはくれなかった。

「構わぬ。使い道はない」

「ですが……！」

「芽衣よ、それはいずれ荼枳尼天《だきにてん》の手に渡り、派手に使われるだろう。その方がよいのだ。金を回せば国が潤う」

「国が、潤う……？」

タケミカズチが口にしたのは、おそらく経済の話だ。

芽衣も、ヒトの世にいた頃に、お金を貯め込んでいては経済が回らないという話をよく耳にした。

そこまで見越して払ってくれたのならば、これ以上拒否するのも逆に失礼かもしれないと、結局、芽衣は差し出した手をおずおずと引っ込める。

「ありがとうございます……」

すると、タケミカズチは芽衣の袖についた土をさりげなく払ってくれながら、やおよろずに視線を向けた。

「さて、……では世話になろう。ここの主人は狐だったな。……天と言ったか」

「はい！　ご案内しますね」

芽衣は気持ちを切り替え、ひとまず正面玄関に案内する。

玄関で帳簿を眺めていた天は、芽衣の手元にある金の塊とタケミカズチの姿を見比べ、大きく目を見開いた。

守銭奴で有名な天をここまで驚かせた神様に、芽衣は出会ったことがない。

その反応が可笑《おか》しくて思わず笑うと、天は不満げに睨んだ。

「……芽衣、二階の瑠璃《るり》の間に」

「はい！　了解しました……！」

「元気だな。ついさっきまで、タケミカズチの来訪に怯《おび》えていたはずだが」

「ちょっと天さ……」

「おや……、私に怯えていたのか」

「と、とにかく、お部屋へご案内します！」

天からきっちりと仕返しをされ、芽衣は慌てて二階へ案内した。

部屋に入ると、タケミカズチは窓を開けて外を見渡し、満足そうに微笑む。

「いい宿だ。伊勢の山は美しいな」

「気に入っていただけて、よかったです」

「ああ。気に入った。……これからも、たまに来るとしよう」

「はい！　是非……！」

タケミカズチの反応は、まるで普通の旅行者のようだった。

やおよろずは宿であり、普通に考えればなにもおかしくはないのだが、こうして部屋を眺めたり景色を喜んだりと、当たり前の楽しみ方をする神様はあまりいない。

畑でも思ったけれど、その様子があまりに自然で、ふと、ヒトと過ごしているような錯覚にすら陥る。――けれど。

「ところで、芽衣よ」

ふいに名前を呼ばれた瞬間、部屋の空気が変わったような気がした。

「は、はい……」

動揺がわかりやすく声に現れる芽衣に、タケミカズチは意味深な笑みを浮かべる。

「いまひとつ信じられないでいたが、……確かに、聞いた通りだな」

「あの……、聞いた通り、って」

「芽衣。お前から、ヒトとは少し違う空気が漂っている」

ドクンと、心臓が大きく鼓動した。

緊張から、指先が震える。

ヒトとは少し違う空気とは、いったいなにを意味しているのか、――芽衣には、怖くて尋ねることができなかった。

すると、タケミカズチは芽衣の傍へきて手を取り、傷のある指先に触れる。

「……だが、抗っていると聞いた」

「はい……。天照大御神様が、ヒントをくださいました。ヒトの知恵を使い、神様たちの手助けをすることで、ヒトに戻るのではないかと……」

「ああ。聞けば、ずいぶん無謀な頼み事をしていたようだが、それもすべてやり遂げているらしいな。……何度も請けているということは、多少は手応えを感じているということか」

「はい……。解決するたびに傷が痛むので、ヒトに戻ってるんじゃないかって……」

「なるほど」

聞かれるままに答えながら、芽衣には、この話がどこへ向かっているのかよくわからなかった。

タケミカヅチは芽衣の指から手を離し、腕を組んで黙り込む。

無言の時間は、一秒ごとに芽衣の不安を煽った。

タケミカヅチは穏やかで口調も優しいけれど、黙っていれば、その威厳のある風体に気圧《けお》されてしまう。

よく見れば、鎧には細かい傷がたくさんあり、数々の修羅場をくぐり抜けてきたことを想像させた。

交渉術で有名な神様だと聞いているが、もちろん、避けられない争いもあったのだろう。むしろ、闘い抜いた過去こそが、交渉という手段に拘《こだわ》る所以《ゆえん》となるのかもしれない。

本当に強い者は、優しい。芽衣は、神様たちとの出会いを繰り返す中で、自然とそう思うようになった。

芽衣はタケミカヅチの壮絶な歴史を想像しながら、思わず、籠手《こて》に細く走る刀傷に触れる。

すると、黙考に耽《ふけ》っていたタケミカヅチは我に返り、芽衣に視線を合わせた。

「……どうした？」

「すみません、つい……。鎧に傷がたくさんあるなって思って……」

するとタケミカズチは鎧の傷に触れながら、困ったように笑った。

「確かに傷だらけだ。……怖ろしいか？　そういえば、私に怯えていたと言っていたな」

「あ……、あれは……！　ちょっと怖い目に遭ったばかりだったので、つい先入観が……」

そういえば、ついさっき天から怯えていたことをばらされたと、芽衣はバツが悪い気持ちで否定する。

するとタケミカズチはいかにも楽しげに、芽衣にぐいっと顔を寄せた。

「それは、もう怖くはないという意味だな」

力強い目に捕らえられると、ドクンと鼓動が揺れる。

けれど、ほんの短い時間であっても、直接話すことでタケミカズチの人柄のよさを感じ取っていた芽衣は、確かにもう怖いとは思わなかった。

「い、威厳に、圧倒されてはいますが……、怖くは、ないです……」

「ほう。何故だ」

「だって、タケミカズチ様は武器をお持ちじゃないですし……。それって、闘うつもりがないってことでしょう……？　だから、傷を受けるとするなら、なにかを守ろうとしたとき、とか……。……すみません、ただの想像なんですけど……」

その瞬間、タケミカズチの瞳がかすかに揺れた。

さほど深い意味を持って発した言葉ではなかったから、まるで戸惑っているかのようなその反応に、芽衣は焦りを覚える。

芽衣からすれば、武神は当たり前に武器を携えているものだと思っていたからこそ、タケミカズチが丸腰であることには最初から気付いていた。

ただ、因幡から、卓越した交渉術や相撲で決着をつけたという過去の話を聞いていたこともあり、とくにおかしいとは思わず、むしろ納得していた。

けれど、タケミカズチの反応を見ていると、もしかしてまずいことを言ってしまったのではないかと、不安が込み上げてくる。――しかし。

「……なるほど。言われてみればそうかもしれぬな。……自分についた傷の意味など、深く考えたこともなかったが」

タケミカズチはそう言って意味深に頷き、満足そうな笑みを浮かべた。

「タケミカズチ様……？」

「芽衣が言う通り、傷ひとつとっても意味や理由はいろいろだな。……恐怖で支配されてしまえば、そんなことを考える余裕などなくなってしまうものだが。……民衆の意志に任せるという自由な統治は、間違っていなかったようだ。……世の中がお前のような者ばかりなら、さぞかし平和だろう」

「えっと……どういう……」

「……もし、なにもかも力で捻《ね》じ伏せる世の中だったならば、意味があるのは、勝敗のみだ。一方、弱き者が考える余裕を持ち、知恵を絞って生き抜く世の中は、まさに天照大御神が掲げた理想。……芽衣。お前が神々の心を動かす理由が、よくわかった」

「あの……」

説明を聞いてもなお、芽衣には、タケミカズチがどこに納得したのか、まったくわからなかった。

しかし、タケミカズチはそれ以上の説明はしてくれず、大きな手で芽衣の頭を撫《な》でる。――そして。

「……ならば、私にもひとつ試されてみろ。お前がヒトに戻るための試練を、与えてやろう」

唐突に言い渡された試練という言葉に、芽衣は驚き目を見開いた。

その言葉がなにを意味しているかは、考えるまでもない。

まっすぐに向けられた強い視線は、いかにも楽しげに揺れながらも、圧倒される程の強い熱が滾《たぎ》っている。

「やり、ます……」

まるで言葉を誘い出されたかのように、芽衣は半ば無意識にそう口にしていた。

タケミカズチは、満足そうに頷く。

そして、突如、入口の襖《ふすま》へ視線を向けた。

「……そろそろ入ってきたらどうだ。いつまでも盗み聞きとは趣味が悪いぞ。心配せずとも取って食いはせぬ」

「盗み聞き……？」

誰かがいるなんて考えもしなかった芽衣は、半信半疑で襖を見つめる。すると、タケミカズチは、襖の奥へ向けてさらに言葉を続けた。

「お前もここへきて聞くといい。どうせ、芽衣を一人で行かせる気はないのだろう」

すると、襖は音もなくスッと開く。

姿を現したのは、天だった。

「天さん……！」

その姿を目にした瞬間、心の中に広がったのは、驚きよりもむしろ安心感だった。

たちまち緊張が緩んだ芽衣は、思わず天に駆け寄る。

すると、天はそんな芽衣を見て溜め息をつき、開き直ったかのような堂々たる態度で、タケミカズチの前に立った。

「盗み聞きは謝る。だが、うちの仲居をいつまでも拘束されていては、仕事にならない」

「うちの仲居、か。……それはそれは、悪いことをした」

「……」

眉毛《まゆげ》をピクリと動かす天を見て、タケミカズチは堪《こら》えられないとばかりに大声で笑う。

しかし、宥《なだ》めるように天の肩にぽんと手を置いた。

「聞いていただろう、お前の中居にとって、よい話をしていたところだ。おまけに私は丸腰だぞ。そこまで警戒する必要もあるまい」

「……そういうことじゃねぇ」

「おや、反応はずいぶん素直だ」

やたらと含みのある会話の意味がいまいち理解できず、芽衣は、オロオロと二人を見比べる。

ただ、なぜだか、その光景には不思議な微笑ましさを覚えた。

天のどこか子供っぽい態度が、そうさせるのかもしれない。

ふと記憶を掠《かす》めたのは、仁《じん》とのやり取り。天は、まるで仁に悪態をつくときのような、わかりやすく不満げな表情を浮かべている。

——あ、そっか……、タケミカズチ様って、仁さんと少し似てるかも……。

そう思った瞬間、やけに納得がいった。

強く、屈強な体を持ち、大人《おとな》で優しいところもそうだが、天をからかう口調が完全に一致している。

芽衣はなんだか可笑しくなって、思わず笑い声を零した。

「芽衣よ、楽しそうだな」

「お二人の気が合うみたいで、嬉《うれ》しいなって」

「……気が合うとは、また突飛な解釈をするものだ。……だが、芽衣が言うのならそうなのかもしれぬ。……天よ、そういうわけで、よろしく頼む」

「どういうことだ、それは」

天は眉間《みけん》に皺《しわ》を寄せる。けれど、芽衣にはさほど嫌そうにも見えなかった。

「――さて。……では、そろそろ本題に入る。芽衣よ、今回もおそらく難題となるだろうが、構わぬか？」

ふたたび空気が緊張を帯びたのは、タケミカズチがそう口にした瞬間のこと。

芽衣はゴクリと喉《のど》を鳴らし、ゆっくりと頷いた。

「はい。……なんでもやります」

語尾がかすかに震えたけれど、芽衣の心に迷いはない。

天は、そんな芽衣の指先をさりげなく包み込んだ。

「場所は、諏訪《すわ》。諏訪大社の建御名方命《たけみなかたのみこと》が、どうやら厄介事を抱えているようだ」

「諏訪大社って……長野《ながの》の……」

タケミカズチが口にしたのは、芽衣も耳にしたことがある、あまりに有名な神社だった。

諏訪大社とは、本宮《ほんみや》・前宮《まえみや》からなる上社《かみしゃ》と、秋宮《あきみや》・春宮《はるみや》からなる下社《しもしゃ》という二社四宮が諏訪湖を挟むかたちで鎮座する、国内でもっとも古い神社の一つ。

その周囲にはスキー場や温泉旅館が多くあり、ヒトの世にいた頃は、テレビや雑誌なんかでたびたび目にした。

「もうずいぶん長いこと、顔を見せにきておらぬ。……なにやら、不穏な予感がするのだ。そろそろ様子を見に行く頃合いかと考えていたところだが……、芽衣よ、お前に任せたい」

また、――なにかが始まる、と。

不安と恐怖の入り混じった小さな希望が、芽衣を突き動かす。

叶えたい目標があまりにもはっきりしている芽衣には、先へ進む以外の選択肢はない。

ふと天を見上げると、返されたのは強い意志の宿る視線。それに背中を押されるように、芽衣はタケミカズチに頷いてみせた。

「……わかりました」

タケミカズチの口角が、わずかに上がる。

芽衣は、天と繋《つな》がった手をぎゅっと握り返した。

建《タケ》御《ミ》雷神《カヅチノカミ》

日本最強の武神。天照大御神が天下りの際、大国主に国譲りの交渉をした。

第一章　湯玉の温泉と蝦蟇の毒

「――タケミナカタといえば、国譲りの際にタケミカズチに相撲で大敗した神ではないか。……ちなみに、大国主の御子神《みこがみ》だ」

「え……！　そうなの……？」

タケミカズチの部屋を後にした芽衣は、やおよろずを留守にするための準備をするという天と別れ、厨房で、因幡にことの経緯を話した。

そして、新たに知らされた事実に驚愕した。

「ふむ。さっき国譲りの話をしただろう。実は、大国主とタケミナカタの兄神にあたる事代主命《ことしろぬしのみこと》があっさりと国譲りに納得する一方で、タケミナカタだけは説得に応じず、タケミカズチに勝負を申し出たのだ」

「それで……、相撲で……？」

「相撲といっても、勝負は長引き、もはや相撲の範疇《はんちゅう》を越えた壮絶な戦いであったと聞く。タケミナカタもまた、とんでもなく強い神なのだ。しかし、最強の武神であるタケミカズチには敵わなかった。完膚《かんぷ》なきまでに追い詰められ、ようやく納得したのだ」

それは、怖ろしい情報だった。

芽衣はタケミナカタという神様のことを知らなかったけれど、最強と名高い武神に勝負を挑んだという話は、あまり穏やかではない。

そんな神様すらも困らせる問題とはどれ程かと、不安が徐々に膨らんでいく。――すると。

「――タケミナカタ様は、気が短いことで有名なのよ。……そういう荒々しいところも、男らしくて素敵だけれど」

妖艶《ようえん》な笑い声を響かせながら、黒塚《くろづか》が顔を出した。

「黒塚さん……！」

「お前の趣味は聞いておらぬ」

因幡は呆《あき》れた様子で、耳をだらりと垂らす。すると、黒塚は口元を抑えながら、楽しげに目を細めた。

「あら。……私は細身で吊《つ》り目で派手で、商売上手な殿方の方が好きよ」

「それは誰が聞いても天のこ――」

「……因幡」

またからかわれている、と。芽衣は因幡を制し、たちまち込み上げるモヤモヤを無理やり抑える。

そんな反応すら可笑しいのか、黒塚はさも満足そうな表情を浮かべた。

そして、カウンターの椅子《いす》に座り、艶っぽく頬杖《ほおづえ》をつく。

「とはいっても、タケミナカタ様も素敵だわ。……奥様の八坂刀売神《やさかとめのかみ》と、たびたび夫婦喧嘩《げんか》をしているという噂をよく耳にするけれど……、もしかすると、私が入り込む隙《すき》があったりして」

「こら。妖のくせに罰当たりな野望を抱くな」

「あら、手厳しい」

黒塚といると、普段はトラブルメーカーの因幡が常識的に見えるから不思議だ。

芽衣はあまり過剰に反応しないようにと、厨房で黙々と片付けをしている燦《さん》の手伝いを始めた。

「燦ちゃん、いつもごめんね。仕事を任せてばかりで」

謝ると、燦は大きな目で芽衣を見上げ、首を横に振る。

「ううん。芽衣が無事に戻ってきてくれたら、それでいい」

「ありがとう……」

その澄んだ目を見ていると、黒塚のせいで心に溜まったモヤモヤが、スッと晴れるような心地がした。

早くすべてを解決させ、燦にも苦労をかけないようにしなければ、と。芽衣は相変わらず血の出ない傷を、強く握り込んだ。


芽衣たちが旅立ったのは、翌日の夕暮れ時。

いつも通り天の背に乗って移動しながら、芽衣はふと、出がけにタケミカズチからかけられた言葉を思い浮かべていた。

それは、「今の芽衣の気配は、良くも悪くも目立つ。それだけは心得ておきなさい」というもの。

気配が目立つというのはどういうことか、いまひとつ感覚がわからない芽衣は、その注意に曖昧《あいまい》に頷いた。

一方、天は出発してからというもの、より山深い道をあえて選んでいるように思えた。

おそらく、タケミカズチの忠告を聞き、目立たないよう配慮してくれているのだろう。

出会った頃の天はもっとガサツな印象だったけれど、思えば最近はすっかり変わった。

ふと、仁が話していた「昔は、女を女とも思わない冷たい奴だったというのに。弟の成長が嬉しい限りだ」という言葉が頭に浮かぶ。

確かに、最近の天は過保護だ。

ヒトは弱いくせに無謀ですぐ死ぬ、と。当時、天が散々ぼやいていた言葉も、元は芽衣への苦情だったはずなのに、いつの間にか、天自身の戒《いまし》めのような響きを含むようになった。

いつも体を張って守ってくれる姿が、それを物語っている。

この世界で出会ったのが天でよかった、と。

天の体温に包まれながら、芽衣はしみじみ思った。――しかし、そのとき。

『――いい、――うつ、――けた』

突如響き渡った、途切れ途切れの声。

芽衣は咄嗟《とっさ》に顔を上げ、辺りを見渡す。

しかし、左右の景色は、変わらず深い緑一色。声の主らしき気配は、どこにも見当たらない。

耳を澄ましても、聞こえてくるのは風の音だけだった。

すると、芽衣の様子に異変を感じたのだろう、天が速度を緩め、背中にチラリと視線を向ける。

「天さん……、今、声がしませんでした……？」

芽衣がそう伝えると、天は芽衣をじっと見つめた後、やがて立ち止まった。

そして、芽衣が降りると同時にヒトの姿に戻り、辺りに注意を払う。

「……なんて言ってた」

「え……っと……、途切れ途切れであまり聞き取れませんでしたけど……。いい、とか……、うつ、とか……」

「どんな声だ」

「低くて、かすれたような……。……もしかして、天さんには聞こえなかったんですか……？」

天の様子から、返事は聞くまでもなかった。

しかし、逆ならともかく、芽衣にしか聞こえないなんてことがあるとは思えず、首を捻る。

「空耳……だったのかな……」

芽衣はなんだか自信がなくなり、天にそう伝えた。

天はとくになにも言わないまま、ふたたび周囲を確認すると、小さく息をつく。

「……少なくとも、今はおかしな気配はないようだが」

「そう、ですか……。すみません、ちょっと過敏になりすぎているのかもしれませんね……」

足止めしてしまったことが申し訳なくて、芽衣は俯《うつむ》いた。

天は一度も文句を言ったことはないけれど、やおよろずを放置しているのだから、いたずらに時間をかけたくないだろう。

しかし、天は首を横に振ると、ヒトの姿のまま芽衣の手を引き、山道を歩きはじめた。

「天さん……？」

「少し急ぎ過ぎた。……目が回っただろう」

「え、全然そんなことないですよ……？」

「少し歩く」

言葉は少ないが、芽衣の疲れを心配してくれているらしい。

やはり天は過保護だと、少し照れ臭く感じながらも、芽衣はその優しさを素直に受け取ることにした。

日が暮れかけた山は、幻想的で美しい。

一人で歩くのは怖ろしいけれど、天が一緒ならば途端に癒しの場所に変わる。

森は空気が濃く、胸いっぱいに吸い込むと、ふわりと木々の香りに包まれた。

「諏訪大社はもう近いんですか?」

「ああ。この山を越えれば諏訪湖が見えるだろう」

「……いよいよですね」

今回もやり遂げられるだろうかと、間もなく直面する困難を想像すると、つい肩に力が入る。

芽衣は気持ちを落ち着かせるため、もう一度、森の空気を深く吸い込んだ。――そのとき。

木々とは違うかすかな香りが、鼻を掠めた。

「あれ……? 天さん、この香り……」

それはどこか馴染《なじ》み深く、心がほぐれるような柔らかな香りだった。すると、天は森の奥へと視線を向ける。

「これは……、温泉だな。おそらく、この先にある」

「なるほど、温泉ですね……！」

温泉だと言われてみれば、確かに、ほのかな硫黄の香りが感じられた。馴染み深さを覚えたのは、草《くさ》の縁《ゆかり》の香りとよく似ているからだろう。

芽衣たちが先へ進むと、徐々に香りは濃さを増し、やがて、木々に囲まれるように、ぽつんと小さな温泉が姿を現した。

こんこんと湧《わ》き出るお湯から真っ白な湯気が上がる様子は、見ているだけでも癒される。

「うわぁ、まさに秘湯ってやつですね……！　素敵……！」

芽衣が傍へ駆け寄ると、天も後に続き、周囲をぐるりと見渡した。

「この辺りには、かなりの温泉があるようだな」

「え？」

「そこかしこで湯気が出てるだろう」

視線を上げてみると、天が言う通り、森のいたるところから湯気が立ち上っている。

最初こそ興奮していた芽衣も、そのあまりの数に首をかしげた。

「な、なんか……、ちょっと多すぎません……？」

異様さを感じて一歩下がると、天は小さく笑い声を零す。

「別に怖がる必要はない。おそらく、ヤサカトメの仕業だ」

「ヤサカトメ様……って、黒塚さんが言ってた、タケミナカタ様の奥様ですか……？」

「ああ。ヤサカトメが落とした湯玉からは、温泉が湧くという」

「湯玉……？」

「化粧道具で、湯を含んだ綿のことだ」

「化粧道具……」

化粧道具から温泉が湧くなんて極めて常軌を逸しているが、これまで散々不思議な現象を目にしてきた芽衣は、もはやその程度で驚きはしない。

芽衣が引っかかったのは、そこではなかった。

「にしても……、ちょっと落としすぎでは……」

湯玉がどんなものなのかはいまだ想像できていないが、温泉だらけの光景から察するに、相当な数を落としている。あえてばらまきでもしない限り、なかなかこうはいかないだろう。

すると、天は少し呆れたように笑った。

「一度に落としたというよりは、おそらく長年の積み重ねだろう。ヤサカトメは、タケミナカタと喧嘩をするたびに荷物を抱えて諏訪大社の上社を飛び出し、下社へ籠《こも》るという噂だ。イライラしながら何度もこの辺りを通過するうちに、増えたんだろう」

「喧嘩のたびに温泉が増えるってことですか……」

「まあ、中にはたった数日で涸《か》れるものもあるというが。……改めて見ると異常に多いな」

「ですよね……」

出発する前、黒塚が、タケミナカタとヤサカトメはたびたび喧嘩をすると口にしていた。しかし、これはもはや、たびたびというレベルではない。

喧嘩と温泉の数が比例するのなら今はいったいどういう戦況なのかと、これから訪ねようとしている身としては、勘繰らずにはいられなかった。

「もしかして、タケミナカタ様が抱えてらっしゃるトラブルって、夫婦喧嘩のことだったり……」

「だとするといっそ気が楽だが……、おそらく違う。これ程温泉だらけにしても連れ添っているくらいだ。もはや喧嘩は日常茶飯事で、戯れも同義だろ」

「言いますね……」

適当なことを言う天に苦笑いを向けながらも、芽衣は内心、納得していた。

夫婦喧嘩は心配だが、それでもなお連れ添っているという事実は、捉え方によっては相性がいいと解釈できなくもない。

——に、しても……、神様同士の夫婦喧嘩、か……。

芽衣は壮絶な光景を思い浮かべ、ゴクリと喉を鳴らした。

黒塚いわく、タケミナカタは気が短く荒々しいという話だ。ならば、それに対抗するヤサカトメのメンタルもさぞかし強いのだろう。

そんな勝手な妄想は、心拍数をみるみる上昇させた。芽衣は一旦落ち着こうと、温泉の縁に座り込み、目の前に湧くお湯に触れる。

すると、じわりと優しい温度が指先から全身に広がった。まるで肌を優しく撫《な》でられているような心地に、思わず溜め息をつく。

「あったかい……。天さんも触れてみません？　気持ちいいですよ」

しかし、天は眉間に皺を寄せたまま、動こうとしなかった。

「俺はこのじめじめした空気があまり得意じゃない」

「そういえば……、苦手だって言ってましたね……」

ふと思い出すのは、前に天が語っていた、やおよろずに温泉を作らなかった理由。

狐とは、そもそも暑さや湿気を嫌う生き物らしい。

「ヒトの姿のときはまだマシだ。白狐のように平然としている奴も、仁のように自ら好む酔狂な奴もいるくらいだからな。……だが、俺には理解ができない」

「そんなに……。だったら、ここにいるのもきっと辛いですよね。少し離れましょう？」

芽衣は慌てて立ち上がり、天の腕を引く。

しかし、天はそこから動かず、逆に芽衣の腕を引いた。

「その辺で待っててやるから、入りたいなら入ってこい」

「え……？　あの……」

思いもしなかった提案に、芽衣はポカンと天を見上げる。すると天は少し複雑そうな表情を浮かべ、ふいと目を逸《そ》らす。

「……白狐の温泉に行かれるくらいなら、ここの方がマシだ」

「草の縁のことですか……？」

「お前、アレが出来た当初は行きたがっていただろう」

そう言えば、草の縁が温泉施設となった頃に、天は芽衣が温泉を利用することを頑《かたく》なに禁止した。

当時は確かに少しガッカリしたけれど、そこまで強い希望だったわけでもなく、もはやすっかり忘れていた。

しかし、どうやら天はそれを気にしてくれていたらしい。

「……どうする。早く決めろ」

「えっと……、いいん、ですか……?」

芽衣は少し迷ったけれど、天の気遣いが嬉しくて、結局その言葉に甘えることにした。

すると、天は頷き、背を向ける。

「終わったら呼べ。……鈴はすぐに手に取れる場所に置いておけよ」

「ありがとうございます」

去っていく天の後ろ姿を、芽衣は茫然と見つめた。そして、天は出会った頃とずいぶん変わったものだと、しみじみ思った。

「フェミニストの仁さんならともかく……、天さんが……」

つい零れるひとり言。

実際、仁の影響である可能性は、否定できなかった。

事実、仁が復活して以来、天は女性の扱いに対してやたらと駄目出しされている。

天は仁に対して決して素直な態度はとらないが、慕っていることは間違いなく、案外気にしていた可能性が、ないとはいえない。

ぼんやりしている芽衣の足元で、湧き上がるお湯がコポンと大きな音を立てた。

「……ま。いいか……。せっかくだから入ろう……」

芽衣は我に返り、改めて温泉を見渡す。思えば、温泉はずいぶん久しぶりだった。前に入ったのがいつだったか、思い出せないくらいに。

日はすっかり落ちてしまったけれど、頭上には星と月が輝いている。幻想的な景色が、芽衣の高揚感をさらに煽った。

芽衣は天のはからいに感謝して、早速着物を脱ぐと、お湯に体を滑り込ませる。

秋も深まりぐっと冷えた空気の中、少し熱めのお湯が芽衣の体をじわじわとほぐした。

やがて温度に慣れると、縁に頭を預け、ぼんやりと空を眺める。

「あー……、幸せ」

これからなにが待ち受けているかわからないというのに、気持ちはすっかりリラックスしていた。——しかし、そのとき。

「——あらあら、偶然ね」

突如響いた、いるはずのない者の声。芽衣は慌てて姿勢を起こし、声の方に視線を向けた。

「……黒塚さん……」

そこにいたのは、怪しく微笑む黒塚。

黒塚は指先で湯の温度を確かめると、妖艶な仕草で着物をスルリと肩から落とした。

「ちょっ……、なんっ……」

「芽衣さん、ご一緒してもいい？」

黒塚は問いかけておきながら返事を待たずに湯に入り、すっかり混乱した芽衣の横に並ぶ。

「も、もう入ってるじゃないですか……。ってか、ここじゃなくても温泉なら他にもいっぱい……」

「あら、ごめんなさい。他にもあるなんて、ちっとも気付かなかったわ」

「嘘《うそ》ばっかり……！」

芽衣には、黒塚の意図がまったくわからなかった。ただ、少なくとも偶然でないことだけは確かだ。

勘繰ろうと黒塚を見つめるけれど、黒塚から惜しみなく放たれる色気が思考の邪魔をする。

黒塚の美しさは十分知っていたはずなのに、湯気に包まれ頬が上気した姿は、女である芽衣ですら赤面してしまう程の破壊力を持っていた。

「な、なんか……、傷つくんですけど……」

「あら……、どうして？」

「わかってて聞くのやめてください……」

つい、口調が卑屈っぽくなってしまう。

ただ、羨ましいと思いながらも、芽衣は、黒塚がヒトとして生きていた頃の、その美しさゆえに受けた堪えがたい仕打ちを忘れてはいない。

そのことを思うと、どんなに意地悪でも、天のことでハラハラさせられたとしても、黒塚が怖ろしい妖となっていた本来の未来に比べれば、今の方がずっとマシだと思えた。

「芽衣さん？　もしかして、のぼせてしまったの？」

芽衣が黙って考え込んでいると、黒塚が首をかしげる。芽衣は首を横に振り、溜め息をついた。

「っていうか……、どうしてここへ……？」

それは、ようやく口にした本音だった。

ただ、質問しておきながらも、芽衣自身、本当の答えが返ってくることをあまり期待していない。

現に、黒塚は相変わらず妖艶な笑みを浮かべたまま、やたらと勿体《もったい》ぶっている。

「……やっぱいいです。答えなくて」

「あら、つれない。……私はただ、温泉に入って美味《お》しいものを食べようと思っただけなのに」

「嘘ばっかり……。だったらやおよろずと草の縁で十分じゃないですか」

「たまには、日常から離れてみたいと思うものでしょう？」

「やおよろずを自分の家みたいな言い方しないでください……」

「天様が靡《なび》いてくれたなら、結果的にそうなるのだけれど」

「……」

面白がられているとわかっているのに、黒塚を前にすると、なぜだか芽衣はうまく感情が制御できない。

これ以上は精神衛生上よくないと、芽衣は立ち上がって黒塚に背を向けた。

「私、そろそろ行きます」

「あら、芽衣さん待って」

「付いてきちゃ駄目ですからね」

「そうではなくて、ほら」

「なんですか……？」

芽衣は苛立《いらだ》ちを隠さず、渋々振り返る。——そして。

突如視界に入った明らかな異変に、息を呑んだ。

「なに、これ……」

目の前に広がっているのは、さっきまで透明だったはずのお湯が、みるみる黒く澱《よど》んでいく光景。しかも、その中心となっているのは、明らかに芽衣だった。

まるで体から黒いものが染み出ているかのように、芽衣を中心にじわじわと波紋を広げながら、湯が真っ黒に変わっていく。

なにが起きているのかわからず、絶句する芽衣を他所に、黒塚は肩をすくめた。

「大変、せっかくのお湯が」

「そんな、のん気なこと……」

「あら、芽衣さんの仕業ではないの？」

「冗談を言ってる場合じゃ……！」

こんなときまで人を謗《そし》るのかと、芽衣は言葉を荒げる。

けれど、黒塚はいたって冷静に、芽衣の体を指差した。

「だって芽衣さん、……ほら」

「え……?」

芽衣はふと、嫌な予感を覚える。

さっきから、なんとなく皮膚にじりじりと不快な違和感を覚えていたからだ。

芽衣は恐る恐る自分の体に目を向け、――その瞬間、頭が真っ白になった。

目に映ったのは、真っ黒に変色した体。それが自分の体だと認識するのには、しばらく時間が必要だった。

「どう……いう……」

芽衣は、恐る恐る自分の肌に触れる。

すると、皮膚の表面はブヨブヨしていて、強く押さえると黒い液がじわりと滲《にじ》んだ。

言葉も出ない芽衣を他所に、黒塚は動揺ひとつしない様子で、芽衣の肌をまじまじと観察する。

そして、頬に手をあてがい、わざとらしく溜め息をついた。

「神様がもたらしたお湯に穢《けが》れた者が入ると、たちどころに濁るっていう噂を聞いたことがあるけれど。……芽衣さんって、妖だったの?」

「……」

普段の芽衣なら、たわいのない意地悪に対抗する術《すべ》くらい、いくらでも持っている。因幡が黒塚に対していつも揶揄《やゆ》するように、あなたこそ妖じゃないかと言えば済む話だ。

けれど、今ばかりは、言葉が出てこなかった。むしろ、黒塚の言葉を真に受けてしまいそうな程、自分の肌は不気味に変貌《へんぼう》していた。

おそらく、黒塚もまた、芽衣からの反論を予想していたのだろう。黙ってしまった芽衣に拍子抜けした様子で、こてんと首をかしげた。

そして、珍しく笑みを消し、改めて芽衣の肌を見つめる。――そして。

「……そういえば、大昔にこの辺りで厄介な蝦蟇《がま》の妖が暴れていたわね」

ふいに、もっとも最悪なことを口にした。

「ガマ……ってまさか……」

「蝦蟇蛙《がえる》よ。タケミナカタ様が封印なさったと聞いていたけれど。……もしかすると、逃げ出して芽衣さんに憑《つ》いたんじゃないかしら。……だってその肌、まるで蝦蟇だもの」

気味の悪いことをサラリと言われ、芽衣は眩暈《めまい》を覚える。

否定したいけれど、水分を含んでブヨブヨと膨れた芽衣の肌は、色も質感もまさに蝦蟇蛙そのものだった。

「……どう、すれば……」

体の奥から湧き上がるような恐怖に、芽衣の体は小刻みに震える。

なにも考えられない精神状態の中、唯一浮かんだのは、天の存在だった。

「天さんに……、言わなきゃ……」

芽衣は、慌てて湯から出ると、震える手で着物を手繰り寄せる。――しかし。

「芽衣さん、待って」

ふいに、黒塚が芽衣の手首を掴《つか》んだ。

「離してください……」

一刻も早く天に伝えたいのにと、芽衣は焦りで我を忘れ、反射的にそれを振り払う。

黒塚の手は、スルリと簡単にほどけた――けれど。その瞬間、思わず息を呑んだ。

芽衣の手首を掴んでいた黒塚の手のひらが、真っ赤に爛《ただ》れていたからだ。

まさか、――と。

最悪な予想が頭を過《よぎ》る中、黒塚は平然と笑いながら、その手を背中に隠す。

「……蝦蟇の妖には、毒があるのよ。……神様すら溶けてしまうくらいの、猛毒が」

「黒塚、さん……、手……」

「私は別に。……本当の体なんてとっくに朽《く》ちて、この体は寄せ集めの模造品だもの。そこらへんの木の皮でも貼っておけば治るのよ」

「でも、赤くなってますから……！　は、早く、手当てを……！」

「——だけど。きっと、狐はそうはいかないわ」

ドクン、と。

芽衣の心臓が大きく鼓動した。

同時に、——黒塚が芽衣を制した理由を察した。

黒塚は、見た目こそヒトとなんら変わりないけれど、妖だ。模造品だと表現したその体は、おそらく妖の毒に耐えうるのだろう。

しかし、天はそうではない。

いつも要領よく飄々《ひょうひょう》としている黒塚が、自分の手を犠牲にしてまで止めたことを考えても、天にとってこの毒がひとたまりもないことは明らかだった。

「そんな……」

芽衣の心が、抗いようのない勢いで絶望に支配されていく。

すると、黒塚が口を開いた。

「そんなに落ち込まなくっても、タケミナカタ様にお願いすればいいじゃない。かつては封印なさったのだし、そもそも芽衣さんは諏訪大社に行く予定だったのでしょう?」

「そう……、ですけど……」

「ここから近いのだから、芽衣さんだけが先にお伺いして、体の中の蝦蟇を捕まえてもらえばいいのよ」

黒塚はずいぶん簡単に言うが、芽衣の頭はなかなか付いていけなかった。

「で、でも……、先に行っちゃうと、天さんは……」

「そうねぇ……、芽衣さんがいなくなったと思ったら、すぐに捜しに行くでしょうね。天様は鼻が利くから、あっという間に見つかってしまうかも。……けれど、十分に気を付けないと。これ程の猛毒なら、近寄っただけでも危ないわ」

毒の威力が黒塚の言う通りならば、万が一触れられでもすれば、どうなってしまうかわからない。

自分のせいで天に危険が及ぶなんて、想像しただけで血の気が引いた。

「それだけは、絶対に駄目……」

すると、黒塚が唐突に立ち上がり、芽衣の肩に自分の着物をかける。

意図がわからず見上げると、黒塚は怪しげに、にっこりと笑った。

「着物を交換しましょう。私が芽衣さんに化けて時間を稼ぐから、その間に行ってきたらいいじゃない」

「黒塚さんが、私に……？」

「数限りない男たちを騙《だま》してきたのだから、時間稼ぎくらいにはなると思うけれど。……ひとつ懸念があるとすれば、芽衣さんのような素朴な姿に化けたことがないってことくらいで」

「黒塚さん……」

黒塚のいつもの嫌味にも、今ばかりは腹が立たなかった。芽衣を落ち着かせようという、黒塚なりの気遣いを感じたからだ。

芽衣は肩にかけられた着物をぎゅっと掴み、ゆっくりと頷く。

「……わかり、ました……。黒塚さん……、少しの間、天さんをお願いします……」

「少しといわず、一生任されても構わないけれど」

「……すぐに戻ります」

「あら、そう？」

芽衣は自分の着物を黒塚に渡すと、黒塚の着物に袖を通し、手早く帯を結んだ。

黒塚の鮮やかな柄の着物を着ると、袖から伸びる自分の手が余計に醜く感じられて、胸が押しつぶされるような気持ちになった。

けれど、傷ついている場合ではないと、芽衣は自分を無理やり奮い立たせる。

「行ってきます」

「その姿で天様に会えばうっかり退治されてしまうかもしれないから、迂回《うかい》して行った方がいいわね」

「……はい」

複雑な思いを抱えたまま、芽衣は黒塚に頷く。

そのとき、黒塚の帯の前で揺れる、荼枳尼天《だきにてん》の鈴が目に入った。

「これだけ……、持っていきます」

「これは？」

「……お守りです」

芽衣は帯紐《ひも》から鈴を外し、自分の帯紐に結びなおして帯の内側へと仕舞い込む。

そして、黒塚に背を向けた。

黒塚と別れ、森の中を黙々と歩きながら、芽衣の肌はさらに変化を続けていた。

次第に呼吸が辛くなりはじめ、足の感覚も曖昧になって、芽衣は一度立ち止まり、地面に膝《ひざ》をつく。

すると、芽衣の周囲の植物が、たちどころに黒く変色した。

毒の威力が上がっている、と。

そう思うとあまりに恐ろしく、どんなに苦しくても休んではいられなかった。

頭を過るのは、天の存在。

精神がボロボロにやられているせいか、天の顔を思い浮かべただけで、たちまち目の奥が熱くなった。

今は、なにがあっても会うことはできない。そもそも、会ったとしても気付いてもらえないかもしれない。

その残酷な事実が、余計に精神を追い込んでいく。

芽衣は、ただがむしゃらに先を急ぐこと以外に、その苦しさから逃れる術を知らなかった。

やがて、長々と続いた獣道が徐々に拓《ひら》けはじめ、森の終わりの気配が漂いはじめた頃、芽衣はようやくひと息つく。

顔を上げれば、目線のずっと先にある木々の隙間から、森とは違う景色が目に入った。

それは、かすかに光が揺れる、幻想的な風景。

必死に目をこらしているうちに、光っているのは水面に映る月明かりではないかと思い立った。

――あれはきっと、諏訪湖だ……。

ふいに、疲れ切った体に力が蘇《よみがえ》ってくる。

まだまだ先だが、行き先が見えるだけでずいぶん気が楽になった。

もう少しでタケミナカタに会えると、そしたらきっとなんとかしてもらえると、芽衣はそう自分に言い聞かせながら、ふたたび足を踏み出す。――しかし。

突如、森の奥からガサガサと、なにかが植物をなぎ倒しながら暴れているような、不穏な音が響き渡った。

芽衣はすぐに木陰に身を隠し、慎重に音のする方向を見定める。

深い森の中で日常を過ごしている芽衣にとって、それが風の音でないことは考えるまでもなかった。

音の正体は、おそらく生き物。もしくは、――妖。

できれば前者であってほしいと願うものの、音が近付くにつれ地面は不自然に揺れはじめ、その望みが限りなく薄いことを察した。

やがて、音は間近に接近し、芽衣は息を潜める。そして、恐る恐る木陰から顔を出して周囲を確認した──瞬間。

視界に広がる信じ難い光景に、頭の中が真っ白になった。

そこにいたのは、──鎌首をもたげる大蛇。

神の世へ迷い込んでからというもの、芽衣は何度も蛇《へび》を象《かたど》る神様や妖を目にしてきたけれど、その大きさは桁《けた》違いで、胴体は森の中に鬱蒼《うっそう》と生える木々の何倍も太い。

不気味に艶めく青黒い鱗《うろこ》に、いかにも獰猛《どうもう》な目。視界に入れれば、おそらく命はないだろうと直感した。

この山には大蛇の妖までいるのかと、芽衣は絶望的な気持ちになった。

もう諏訪湖が見えているというのに、この状態ではとても先には進めない。

芽衣は大蛇が去ってくれることを願って、その場で膝を抱えた。──そのとき。

『──……ろ』

どこからともなく響き渡った、かすかに聞き覚えのある声。

芽衣は慌てて周囲を確認するけれど、なんの気配も感じられない。

むしろ、芽衣が発する毒のせいでそこら中が惨憺《さんたん》たる有様の中、何者であろうと存在していられるとは思えなかった。

気のせいか、と。

不自然だと思いながらも、今はそれどころではなく、芽衣はひとまず声のことを頭から追い払う。——けれど。

『逃げろ。——後ろへ、ゆっくりと下がれ』

今度はあまりにもはっきりと聞こえ、芽衣の心臓がドクンと揺れた。

ただ、すぐそこにいる大蛇には反応がない。芽衣は、どうやら自分にしか聞こえていないらしいと察した。

——誰……？

心の中で問いかけると、低い笑い声が響く。

『私の声が聞こえるとは、やはり相性がいいらしい。さあ、逃げ道を指南してやるから、言う通りに動け』

その声は、芽衣を助けようとしてくれているらしい。ただ、何者かもわからない相手を信用していいものだろうかと、芽衣は戸惑う。

けれど、心は傷めつけられ、行くべき道を大蛇が塞ぐという絶体絶命の状況で、藁《わら》をもすがりたい芽衣には、この声を頼る他なかった。

芽衣はゆっくりと頷き、そっと後ろへ下がる。

『いい子だ。……茂みに身を隠して進め。やがて沼に突き当たるはずだ』

――沼……？

『……沼には巨大な鯉《こい》がいる。いつも暴れまわっている沼の主だ。そこまで行けば、お前が少々音を立てても大蛇には気付かれぬ。沼を越え、あとはまっすぐに走れ』

声の主は、山の地形にずいぶん詳しかった。

いったい何者なのだろうかと、拭い去れない不安を抱えながらも、芽衣は言われた通りに茂みに身を隠し、音を立てないように後退する。

やがて、聞いた通りの大きな沼に突き当たった途端、大きな鯉が、まるで威嚇《いかく》しているかのように水面から跳ね上がった。

「っ……」

悲鳴を上げそうになり、必死に声を抑える。

ただ、大きな水の音が響いたというのに、確かに大蛇がやってくる気配はなかった。

芽衣は沼の周囲を対岸まで迂回すると、ほっとひと息つく。

『――よし。あとは、まっすぐに走れ』

頭に響いたのは、いかにも満足そうな声。芽衣は頷き、姿勢を起こしてがむしゃらに走った。

そのときの芽衣の心の中には、なんとか大蛇から逃げ切れそうだという安心と共に、言い知れない不安がひしめきあっていた。

やがて、限界まで走った芽衣は、疲れ切って地面に腰を下ろす。

もはや、ここがどこなのか、完全に居場所を見失っていた。

——諏訪湖は、どっち……？

心の中で語りかけてみても、返事はない。

芽衣は俯き、溜め息をつく。視界に映るのは、もはやヒトとは思えない状態に変貌を遂げた、腕や手。

嫌な予感がして頬に触れてみると、指先に伝わったのは、水分を帯び、ブヨブヨとふやけたような、気味の悪い感触。

想像以上の勢いで、芽衣の体は蝦蟇への変化が進んでいた。

芽衣は両膝を抱えて顔を伏せ、気がおかしくなってしまいそうな程の絶望感に耐える。

ただ、諏訪湖への道筋を失ってしまった今、自分を奮い立たせる材料はもう一つもなかった。

　このままでは、完全に蝦蟇の妖へ変わってしまうまで、さほど時間はかからないだろう。

　考えたくはないけれど、抗う術はない。今も、鼓動を打つごとに皮膚は疼《うず》き、熱を放っている。

　もう、無理だ、と。

　芽衣は目を閉じ、ゆっくりと呼吸を繰り返す。次第に頭がぼんやりしはじめ、感情も曖昧になった。

　そんなときですら、心の中に浮かんでくるのは、やはり天の姿。

　――天さんに、会いたい……。

　鈴は持っているけれど、鳴らすことはできなかった。みるみる腐っていく周囲の植物を見れば、毒の威力の凄《すさ》まじさは明白だったからだ。

　もし今天が来てしまえば、ひとたまりもないだろう。それどころか、黒塚に言われたように、芽衣だと気付いてもらえない可能性だって否定できない。

　ほんの数十分前までは、まさかこんなことになるなんて思いもしなかった。温泉で別れたときが天との最後の瞬間になるかもしれないと思うと、悔やんでも悔やみきれない。

自分がいなくなったら、天はきっと悔やみ、悲しむだろう。不器用ながらも大切にされていることを、芽衣は嫌という程、自覚している。

そんな天だからこそ、本当は、少しも傷つけたくなかった。

仁を失ったことを語りながら見せた苦しそうな表情を、もう永遠にさせたくないと思っていた。

だから、なんとしても、芽衣は自分自身を守る必要があった。――なのに。

今まさに、芽衣という存在は、消えようとしていた。

もはや森のざわめきすら遠く感じられ、芽衣は静かに目を閉じる。

しかし、――そのとき。

「……おや、まあ。よりによってこんなときに蝦蟇を見つけてしまうとは、幸運か、不運か」

ふと、聞きなれない声が響いた。

芽衣が顔を上げると、霞《かす》んだ視界に映る、女性らしき姿。

「……ちか、よ、……って、は」

咄嗟に、近寄れば危険だと知らせようとしたけれど、喉は潰《つぶ》れ、声にならない。

芽衣は渾身《こんしん》の力で後ろに倒れ、女性との距離を空けた。

すると、女性は不思議そうに眉を顰《ひそ》める。

「まさかと思うが、毒から私を遠ざけようとしているのか。……蝦蟇に気遣われるとは、珍妙なこともあるものだ。お前の方がよほど死にかけているというのに」

女性の口調はやけにのんき気で、淡々としていた。言葉遣いはまるで男のようだが、声は透き通るように美しく、凛《りん》としている。

蝦蟇と化した芽衣に動じないところを見ると、少なくともヒトではないらしい。

しかし、もはや頭があまり回らない芽衣には、妖かどうかを判断できなかった。

もう声は出ず、なにも答えられない芽衣に、女性は溜め息をつく。

「それにしても、お前にはいろいろな匂いが混ざっているな。……妖の臭いも獣の臭いも……、かすかに、ヒトの匂いもする。……まさか、ヒトを喰ったか？」

芽衣は首を横に振り、必死に否定した。おそらくこの女性が感じているのは、天や黒塚や、芽衣自身の匂いだろう。

とんでもない誤解を受けているというのに、自分にまだヒトの匂いが残っているという事実に、思わず涙が滲んだ。

すると、女性はそんな芽衣を見て、ふたたび溜め息をつく。

「いかにも複雑怪奇な事情がありそうだな。なんとも面倒な拾い物をしてしまったものだ。……仕方ないからアレに見せてみるとするか。……とはいえ、毒が強すぎてこれでは連れて歩けぬ。少しじっとしていろ」

なにかをされる気配に、芽衣は体を強張らせた。

すると、突如、頭の上から温かいものがサラサラと降り注ぐ。

——これは……、お湯……？

ふわりと漂う硫黄の香り。芽衣は、これが温泉の湯だと察した。

お湯の温度は心地よく、みるみる全身が癒されていく。そして、不思議なことに、霞んでいた視界がわずかに回復した。

恐る恐る見上げると、頭上に掲げられているのは、綿からお湯を絞り出す女性の手。

「息苦しいか。しかし、少し我慢しろ。これで多少はマシになる」

相変わらず口調は強いけれど、そこには優しさが滲んでいる。

そして、この不思議な光景を目にしながら、芽衣の頭にはひとつの可能性が閃いていた。

——このお方は、きっとヤサカトメ様だ……。

芽衣が思い出していたのは、ヤサカトメの湯玉から温泉が湧くという話。

ヤサカトメは、これまで出会ってきた姫神の雰囲気とは少し違っているけれど、このサバサバした気質とてらいのない口調が、荒々しいと噂のタケミナカタと喧嘩を繰り返すエピソードとやけにしっくりくる。

もしそうならば助かるかもしれないと、芽衣の心にわずかな希望が生まれた。——しかし。

『——逃げろ。……騙されるな』

突如、頭の中で例の声が響いた。

——騙される……？

急に言い渡された穏やかでない忠告に、芽衣は戸惑う。

これまでと同様に、ヤサカトメにも聞こえていないらしい。変わらない様子で芽衣にお湯を浴びせている。

目を泳がせていると、ふたたび声が響いた。

『付いていけば、お前は私もろとも消されるのみ。あの女を信用するな、私は嘘をつかぬ』

その声には、これまでにないわずかな焦りが滲んでいた。

信用するなと言われた途端、底知れぬ不安が込み上げてくる。

目の前の女性が本当にヤサカトメなのか、芽衣にはわからない。一方、この声の主からは、大蛇に遭遇したときに助けてもらっている。

迷いからなかなか身動きが取れないでいると、声はさらに芽衣を煽った。

『早く逃げろ。悪いようにはしない』

――でも……。

『ぐずぐずするな、手遅れになる。……信じろ。我々は、相性がいいのだ。ようやく見つけたこれ程の器を失うわけにはいかぬ……！』

――器……？

その言葉を聞いた瞬間、ふいに芽衣の記憶が呼び覚まされる。

それは、天と諏訪へ向かっていたときに聞こえた、不思議な声。「いい、うつ、けた」と、途切れ途切れに響いた声が、たった今響いた言葉と奇妙に重なった。

――あのとき……「いい、器を、見つけた」って、言ってたの……？

その瞬間に、芽衣は確信した。この声の主は救いの手なんかではなく、今まさに芽衣の体を奪おうとしている蝦蟇の妖そのものなのだと。

芽衣の体に目をつけたのは、おそらく最初に声が聞こえたとき。

あれから後を追い、一人になった隙を見て体に入り込んで、大蛇からの逃げ道を指南して信用させ、芽衣の体を奪う計画だったのだ、と。

考える程に辻褄《つじつま》が合ってしまって、全身に震えが走った。

——あなたは……、蝦蟇の妖なの……？

一瞬の沈黙は、肯定も同然だった。

すると、蝦蟇は突如、声色を変える。

『仕方がない。……まだ完全には操れぬが、のんびりしてはおられぬ』

そう言った瞬間、芽衣の体が意志に反して動き、ゆっくりと立ち上がった。

「……なにをしている。動くな」

ヤサカトメは眉を顰める。

操られているのだと、口にしたくても言葉は出ない。

次第に、体の奥から禍々《まがまが》しいものに支配されていくような、おぞましい感覚を覚えた。

蝦蟇が自分の体を強引に奪おうとしている、と。そう察した芽衣は必死に抗い、救いを求めるようにヤサカトメを見つめる。

すると、ヤサカトメは、突如、いかにも楽しげに笑い声をあげた。

「暴れ出したということは、効いているようだ」

その表情を見ていると、不思議と不安が薄まっていく。——すると、ヤサカトメはさらに言葉を続けた。

「蝦蟇よ。……その体は簡単には奪えぬ。元が何者か知らぬが、なかなかに精神が強いようだ。ここまで同化しても意志を奪えておらぬ時点で、薄々気付いているだろうに」

芽衣には、その意味がよくわからなかった。なのに、心の奥で唐突に生まれたのは、煮えたぎるような怒り。

おそらく、芽衣と同化しつつある蝦蟇の感情だろう。

ヤサカトメは、さらに勢いよく湯を絞り出す。

「出て行った方が身のためではないか。居座れば、溶けてなくなってしまうのは時間の問題だ」

そう言われてみると、湯を浴びる程に芽衣は体の軽さを感じていた。

このまま浴び続けていれば蝦蟇が離れるかもしれないと、芽衣の心に希望が広がる。

すると、そのとき。

『確かに――、このままでは、危険かもしれぬ……』

初めて、蝦蟇の声が諦めを帯びた。

同時に、芽衣の体の中で、なにかがうごめく不気味な感触を覚える。

それは徐々に激しさを増し、やがて、まるで体を内側から突き破ろうとしているかのように、芽衣の皮膚がボコボコと波打ちはじめた。

経験したことのない不快感と恐怖に、芽衣はたちまち混乱する。

一方、ヤサカトメはいまだ楽しげに笑っていた。

「どうやら、出て行くようだ。もう少し耐えろ」

芽衣は、その言葉を信じて耐えるしかなかった。気持ちをなんとか奮い立たせ、心の中で、早く出て行けと繰り返し唱える。――しかし。

『……何故だ。離れ、られぬ……』

ふいに、蝦蟇の苦しげな声が響いた。

どうやら蝦蟇は、芽衣の体から出て行くことができないらしい。

芽衣の希望はふたたび打ち砕かれ、頭の中をたちまち絶望が支配した。――けれど。

「……ほう。……間の抜けた者がうっかり憑かれただけかと思いきや……、お前、蝦蟇を捕獲していたのか」

思いもしない言葉に、芽衣は顔を上げる。

命の危険すら感じていた芽衣に、蝦蟇を捕獲する発想なんてあるはずがなく、芽衣は首を横に振った。

しかし、ヤサカトメは楽しげに目を細める。

「無自覚とは、つくづく面白いな。……お前がなんと言おうと、現に捕獲しているのだ。……おそらく、その妖の臭いを放つ着物の力だろう」

芽衣は、目を見開いた。

芽衣が今纏っているのは、黒塚と交換した着物。図らずも、この着物が蝦蟇を封じ込めているらしい。

「その着物からは、いかにも厄介そうな妖の臭いがする。……だが、着ているお前は妖ではなさそうだ。……どういうことかサッパリわからぬが、折角だからこのままアレの元へ連れて行くとするか。……アレは、かつて蝦蟇を封印した。だが、最近逃げられ、必死に捜しておったのだ。連れて行けば、アレはもはや私に頭が上がらぬ」

それを聞いて思い出すのは、かつてタケミナカタが蝦蟇を封印したという話。

それと照らし合わせれば、ヤサカトメの言う〝アレ〟とは、夫であるタケミナカタで間違いない。

だとすると、それは芽衣にとってこれ以上ない朗報だった。

ただ、一つ気がかりなのは、〝アレ〟と口にするたび不満げに顔をしかめるヤサカトメの様子。

芽衣が首をかしげると、ヤサカトメは深い溜め息をつく。

「まさに今、ここ百年あまりで一番壮絶な仲違《なかたが》い中なのだ。……そんな顔をせずとも連れて行くから安心しろ。互いに永久に顔を見たくないと啖呵《たんか》を切り出てきたものの、事情が事情だけに休戦するしかない」

事情は理解したものの、なんとなく申し訳なくて、芽衣はヤサカトメをじっと見つめる。

すると、ヤサカトメはさらに言葉を続けた。

「……案ずるな。お前のようなわけのわからん者に心配されずとも、こっちは蝦蟇を捕まえている。交換条件としては悪くないはずだ」

ヤサカトメはそう言いながら、次々と新しい湯玉を絞る。

間もなく、芽衣の体は湯の膜ですっぽりと包み込まれた。まるで水風船の中にいるような感覚だが、不思議と呼吸はでき、なにより温かく気持ちがいい。

気付けば、体の中で散々暴れていた蝦蟇も、すっかり大人しくなっていた。

もう声も聞こえず、芽衣はほっと息をつく。

すると、ヤサカトメは絞り終えた湯玉を仕舞い、森の奥へ向かって足を踏み出した。

「気を緩めるな。蝦蟇はまだ、お前の中にいる。……湯玉は使い切ったが、蝦蟇の毒はあまりに強く、この湯もそう長くは持たぬ。急ぐぞ」

芽衣は頷き、お湯に包まれてふわふわした心地の中、ヤサカトメの後を追う。

気を緩めるなと言われたけれど、芽衣が通ってももう周囲の植物が腐ることはなく、それだけでも精神状態がずいぶん安定した。

――天さん、今頃どうしてるだろう…。

わずかに心に余裕が生まれた途端、真っ先に頭を過るのは天のこと。

黒塚の策が上手《うま》くいっていれば、芽衣に扮した黒塚が、どこかで天を足止めしているはずだった。

寂《さみ》しさで、心がチクりと痛む。

ただ、それとは別に、なんとなく黒塚に対するモヤモヤした気持ちも生まれていた。

その原因は、黒塚と交換した着物だ。

この着物の力によって図らずも蝦蟇を捕獲したことは、ヤサカトメやタケミナカタにとっては快挙かもしれない。

ただ、捕獲と言えば聞こえはいいが、考え様によっては、着物を貸すことで、蝦蟇が芽衣の体から離れないよう閉じ込めたという捉え方もできる。

もし、――万が一、黒塚がそれを狙《ねら》っていたなら、と。

ふいに嫌な仮説が心に浮かび、芽衣は慌てて首を横に振った。

黒塚はいつも皮肉ばかり言い、隙あらば天にちょっかいを出し、今日に関しては諏訪まで付いてきて、正直なにを考えているかわからない。

けれど、たとえ芽衣を疎《うと》ましく思っていたとしても、さすがに命まで危険に晒《さら》すなんて勘繰りたくはなかった。

芽衣は不穏な考えを振り払い、今はとにかく無事タケミナカタに会うことだけに集中しようと、森の中をひたすら歩き続ける。——すると。

「もう少しだ。……少々湯が濁りはじめているが、なんとか間に合う」

ヤサカトメの声を合図に、芽衣の視界に見覚えのある景色が広がった。

それは、月明りに照らされた、諏訪湖。

一時はどうなることかと思ったけれど、ようやくここまで戻ってきたのだと、芽衣はほっと胸を撫で下ろす。

ただ、この場所といえば、忘れられないのは大蛇のこと。

あの怖ろしい姿を思い出すと、心の底から震えが込み上げてくる。

芽衣は落ち着きなく辺りを確認しながら、恐る恐る歩いた。

「どうした。……怯えているな」

問いかけられても、声が出ない芽衣には、大蛇のことを伝える術はない。杞憂《きゆう》であることを願って、芽衣は首を横に振る。

そして、どうか現れませんようにと必死に祈った。――しかし。

芽衣が嫌な予感を覚えたのは、ヤサカトメが突如立ち止まって眉を顰めた瞬間のこと。

もっとも聞きたくなかった物音が響いたのは、それから間もなくのことだった。

――来た……。

ガサガサと植物をなぎ倒す乱暴な音は、記憶に新しい。芽衣は咄嗟にヤサカトメの前に立ちはだかり、首を横に振って引き返すよう訴えた。

しかし、ヤサカトメはそんな芽衣の横をすり抜け、さらに先へと進む。

「早く来い。蝦蟇になりたいのか」

怖ろしい気配に気付いていないはずがないのに、ヤサカトメはずいぶん平然としていた。

いくら神様でも大蛇に敵うとは思えず、芽衣は気が気でなく、もう一度ヤサカトメの道を塞ぐ。

すると、ヤサカトメはやれやれといった様子で、芽衣の前に手のひらを向けた。

「もう歩けぬと言いたいのか。……確かに、お前はずいぶん蝦蟇の毒にやられているから、仕方がない。……ならばここで待っていろ。すぐに戻る」

大きな勘違いをされてしまい、芽衣は慌てて首を横に振り否定した。けれど、ヤサカトメはもはや目もくれずに、どんどん先へと進んで行く。

――伝わらない……！

焦りが増し、芽衣はふたたび追いかけようと足を踏み出した、そのとき。突如、体に違和感を覚えた。

動かそうとした足が、まるで地面に繋ぎ留められたかのようにビクともしない。

「そこから動かれては面倒だ。大人しく待て」

振り返りもせずかけられた言葉で、芽衣は、これがヤサカトメの仕業なのだと察した。

状況は、最悪だった。

芽衣は動けず、ヤサカトメは大蛇の気配がする方へまっすぐに向かっていく。

やがて、――ついに視線の先に大蛇が姿を現した。

――ヤサカトメ様……！

心の中で必死に叫んでも、聞こえるはずはない。

すぐにヤサカトメの存在に気付いた大蛇はギラリと怪しく目を光らせ、じりじりと向かってくる。

その大きさも、迫力からしても、とても太刀打ちできる相手とは思えなかった。

このままでは、ヤサカトメは飲み込まれてしまう——、と、そう思った瞬間、芽衣が無意識に握っていたのは、帯紐に結ばれた荼枳尼天の鈴だった。

——助けて……!

心の中で叫ぶと同時に、芽衣は鈴を大きく振る。

すると、湯に包まれているというのに、鈴は、シャラ、といつもと遜色《そんしょく》ない音色を奏でた。

それは、まるで森の隅々まで音を行き渡らせるように、長い余韻を残す。

視界の先で、不思議そうな表情で芽衣の方を振り返るヤサカトメの姿が見えた。

やがて鈴は鳴り止み、——ほんの束の間の静けさの後。

ひらり、と。

芽衣の前に、音もなく、金色の狐が降り立った。

——天さん……!

美しい毛並みが月明りに照らされ、幻想的な輝きを放っている。状況は切迫しているというのに、――なんて美しいんだろうと、芽衣は息を呑んだ。

しかし、天は警戒した様子で、芽衣が握る茶枳尼天の鈴をじっと見つめている。

その瞬間、芽衣は、改めて自覚した。

全身の皮膚が黒ずみ、もはや蝦蟇に変わりかけているこの姿では、自分だと気付いてもらえないのだ、と。

現に、芽衣を見る天の目はいつになく鋭い。

まるで他人を前にしたような冷たい視線に、芽衣の心は重く疼く。

けれど、今はそれどころではなかった。

芽衣は震える手でヤサカトメを指差し、助けて欲しいという祈りを込めて天を見つめる。

すると、天は芽衣が指差す方へ首を向けた。目線の先には、まるで追い詰めることを楽しんでいるかのようにじりじりと迫りくる大蛇と、相変わらず立ちはだかるヤサカトメ。

もはや猶予はほとんどない。――けれど。

天はそんな状況を見てもなお、ふたたび芽衣に視線を戻した。

――もしかして……、私が蝦蟇に食べられたと思ってるんじゃ……。

それは、もっとも考えられる推測だった。

なぜなら、今の芽衣の見た目は蝦蟇と化し、ヤサカトメですらなかなかヒトだと判別できない程、様々な匂いが混ざっている。

おそらく天は、強い蝦蟇の臭いの中に、芽衣の匂いを感じているはずだ。となれば、芽衣が蝦蟇に食べられたのだと思われても不思議ではない状況だった。

説明したくとも声は出ず、そうこうしているうちにも大蛇はどんどんヤサカトメとの距離を詰める。

――間に合わない……。

もう、駄目だ、と。

芽衣はなにも伝えられないもどかしさに、俯き、手のひらをぎゅっと握り込んだ。

――すると。

「……どれだけ捜したと思ってる」

突如響いた、聞きたくてたまらなかった声。

反射的に顔を上げると、そこには、ヒトの姿に戻った天が呆れた顔で立っていた。

その目からは、さっきまでの警戒は感じ取れない。

――どうして……。

なぜ自分だと気付いたのか、芽衣には浮かぶ疑問を尋ねることができない。

すると、天は芽衣に向けてそっと手を差し出した。

今すぐその手に縋《すが》ってしまいたいと、強い衝動に駆られるけれど、芽衣は必死に耐え、首を横に振る。

毒を纏った体で、天に触れるわけにはいかなかったからだ。芽衣にとって、自分が天を傷つけてしまう程苦しいことはない。

すると、天は眉を顰め、不満げに溜め息をついた。――そして。

「……勘弁してくれ。やっと見つけたのに」

そう口にするやいなや、天は湯膜の中に手を差し込み、芽衣の手首をぐっと掴んだ。

芽衣は慌てて振り払おうとするけれど、固く繋がった手はビクともしない。たちまち、天の手の周りを、真っ黒に澱んだ湯がまとわりついた。

芽衣は必死に腕を振り払いながら、懇願するように天を見つめる。

一方、天は毒にまったく反応することなく、さらに手に力を込めた。

「……俺への信用がなさすぎだろう」

――え……？

「そこらへんの狐ならともかく……、湯で薄まった毒くらいで、どうにかなったりしない。これで死ぬくらいなら、もう千回は死んでる」

無事なのだ、と。

理解した瞬間、突如、芽衣の目に涙が溢《あふ》れる。

ただ、今は、感動に浸っている場合ではなかった。

大蛇はもはやヤサカトメの目の前まで迫り、鎌首をもたげて見下ろしている。

——天さん……！

芽衣は、ふたたび天に視線で訴えた。

けれど、相変わらず天に慌てた様子はない。——そして、そのとき。固唾《かたず》を呑んで見守る芽衣の目の前で起こったのは、予想もしない展開だった。

今にもヤサカトメに襲いかかりそうだった大蛇が、ふたたび動きはじめた。

大蛇はヤサカトメの横を素通りし、今度は芽衣の方へ向かってどんどん迫ってくる。

——どういう、こと……。

なにが起こっているのか理解できず、相変わらず身動きも取れず、芽衣にはただ茫然とその光景を眺めることしかできなかった。

やがて芽衣の目の前までやってきた大蛇は、芽衣を睨みつけ、大きく口を開ける。

二本の鋭い牙《きば》が、ギラリと光った。

噛みつかれたら一巻の終わりだと、芽衣はあまりの恐怖に、固く目を閉じる。――しかし。

いつまで経っても覚悟した痛みに襲われることはなく、代わりに、ズルズルと、体の奥からなにかが引き剥《は》がされるような、奇妙な感覚を覚えた。

恐る恐る目を開けると、目の前には、大蛇の巨大な顔。大蛇は芽衣を包む湯膜だけを咥《くわ》えてゆっくりと首を引き、――間もなく、ヌルッと不気味な感触を伴いながら、芽衣から引き剥がした。

途端に、芽衣の体が嘘のように軽くなる。

状況が把握できないまま顔を上げると、突如、大蛇が咥えた湯膜が大きな蛙へと形を変えた。

あれは、芽衣に憑いていた蝦蟇だ、と。理解すると同時に、大きな疑問が頭を過る。

「あなたは……、いったい……」

あまりに自然に声が出たことに戸惑いながらも、芽衣は大蛇を見つめた。

しかし、大蛇は芽衣の問いかけには反応せず、咥えた蝦蟇を空中へぽいと放り投げたかと思うと、ぱくりと飲み込んでしまった。

「たっ……、食べ……！」

あまりの出来事に、芽衣は絶句する。

すると。——突如、どこからか、豪快な笑い声が響いた。

視線を泳がせるけれど、声の主はどこにも見当たらない。——そして。

「こっちだ！　……蝦蟇を捕まえるとはいったい何者かと思ったが、まさかヒトとは。

不思議なこともあるものだ」

真上から、いかにも豪気な声が降ってきた。

見上げると、鎧姿の男が大蛇の頭の上に立ち、芽衣たちを見下ろしている。

「……あれは、タケミナカタだ。大蛇を連れていると聞いたことがある」

天がそう言い、芽衣は目を見開いた。

「あの方が……。というか、大蛇も神様だったんですか……？」

それは、芽衣のすべての疑問が解消した瞬間だった。

ヤサカトメも天も大蛇に怯えなかった理由は、つまりそういうことだったのだと。

つまり、蝦蟇が芽衣に大蛇からの逃げ道を指南した理由は、芽衣を助けたかったわけではなく、自分自身が危険を感じたからだ。

そんなことに気付きもせず、散々右往左往していた自分が情けなく、芽衣はぐったりと脱力した。

「……私、いろいろ勘違いして……、馬鹿みたい……」

「みたいじゃなく、その通りだろ。浅知恵を使って人を誑《たぶら》かそうとするから、そういう目に遭う」

「……」

これはかなり怒っている、と。天の声はそれを嫌という程物語っていて、芽衣は気まずさに押し黙った。

すると、タケミナカタは蛇の頭からひらりと飛び降り、ヤサカトメの腕を引いて芽衣の前に立つ。

「それにしても、助かった。蝦蟇の封印が解かれ、なかなか見つからずに困っていたのだ。これでようやく封印できる。すべてお前の手柄だな」

「い、いえ……、私は憑かれていただけですし……。図らずも、知人の着物のせいで捕まえてしまっただけでして……」

芽衣がおずおずとそう口にすると、タケミナカタはふたたび大声で笑った。

「そんなことはどうでもよい！　結果的に手間が省けて助かったのだからな。……ところで、お前は何者だ」

ぐいっと顔を寄せられて大きな目が迫ると、褒められているのになんだか恐ろしく、芽衣は思わずのけぞる。

するとと、隣でヤサカトメが呆れたように溜め息をついた。

「怖がらせてどうする。ただでさえ野獣さながらに荒々しいのだから、少しは抑えろ」

「……野獣とは、聞き捨てならぬ」

「大蛇を連れて森を暴れまわっておきながら野獣を否定するとは、自身のことをおわかりでないようだ」

「貴様……！」

「ちょ、ちょっと待ってください……！　お、怯えてないです！　私は芽衣といいまして、タケミカズチ様から言いつかってここに来ました！」

急に喧嘩が始まりそうになり、芽衣が慌てて止めると、二人は同時に目を丸くし、納得したように頷いてみせた。

「……ほう。そうだったか。ヒトでありながら使いを任されるとは……、奇妙だが、只者ではないのだろう」

「いえ、私は伊勢にある旅宿に勤める、ただの仲居です……。タケミナカタ様がしばらく伊勢へいらっしゃっていないということでしたので、なにかお困りなのではと、お伺いをしに……」

「なるほど。確かにしばらく顔を出せなかった。……しかし、今しがた、解決した。……芽衣。私が頭を抱えていたのは、まさに蝦蟇の件だ」

「やっぱり、そうだったんですね」

薄々予想はしていたけれど、それは芽衣にとってこれ以上ない朗報だった。

つまり、とんでもない目に遭いながらも、右往左往しているうちにタケミカズチから言付かった依頼を達成していたということになる。

もっとも、芽衣にはもう、今からひと仕事する体力なんて残っていなかった。

ほっと息をつくと、タケミナカタとヤサカトメは、まるでさっきまでの壮絶な出来事などなかったかのように、楽しげに笑った。

ふと気付けば、時刻はもう朝。

辺りは白みはじめ、芽衣は眩《まぶ》しい朝日に目を細める。

すると、タケミナカタはひらりと跳び上がり、ふたたび大蛇の背に乗った。

「では、私は蝦蟇を封印しに行く。芽衣よ、……お前は面白い女だ。次は伊勢で会おう」

「は、はい！　ありがとうございました……！」

あっという間に立ち去っていくタケミナカタの後ろ姿を、芽衣は茫然と眺める。すると、ふいにヤサカトメが芽衣の手を引いた。

「芽衣よ。用事が終わったのなら諏訪大社に立ち寄って行け。全員総出で盛大に歓迎の宴を開いてやる。ヒトが蝦蟇を捕まえたとなれば、巫女《みこ》たちもさぞかし珍しがるだろう。思う存分楽しんで行けばよい。心配するな、酒は三日三晩飲み続けても余る程ある」

「み、三日三晩……」

「足りぬなら、もっと居ても構わぬが」

「い、いえ……！」

あまりに豪快な提案に、芽衣は面喰らった。

歓迎してくれる気持ちはありがたいものの、盛大な宴を想像するとたちまち疲労感に襲われ、困り果てた芽衣は天にチラリと視線を向ける。

すると、天は眉を顰め、首を横に振った。

「気遣いはありがたいが、こいつの体力はもう限界だ。連れ帰って休ませる」

きっぱりと断る様子を見て、芽衣は密かに胸を撫で下ろす。

ヤサカトメは少し残念そうに肩をすくめ、芽衣の肩をぽんと叩《たた》いた。

「……確かに、その通りだな。ならば、また改めて来ると約束しろ」

「はい……！　ありがとうございます……！」

芽衣はその申し出に感謝し、深々と頭を下げる。すると、ヤサカトメは芽衣たちに背を向け、――けれど、突如振り返って芽衣にこっそりと耳打ちした。

「ただの邪推だが……、連れ合いとの綻《ほころ》びを繕《つくろ》うコツならば、いつでも聞きにくるといい」

「えっ……、あの……、つ、連れ合いっていうか……」

「なに、こちらは百戦錬磨。お前たちとは比べ物にならぬ手練《てだ》れだ」

そう言い残すと、ヤサカトメは意味深に笑って立ち去っていく。

つまり、天の機嫌が直らなければ相談しろということだろう。

確かに、あれだけの温泉を量産する程喧嘩を繰り返しているのだから、手練れであることは間違いない。

天にチラリと視線を向けると、見るからに不機嫌そうなオーラを纏っていて、これではヤサカトメに心配されるわけだと芽衣は納得した。

――意外とすぐに相談しに行かなきゃいけないかも……。

神様とは、果てしなく遠い存在でありながら、ときどき身近だ。

芽衣は、互いに気が強い夫婦の応酬《おうしゅう》を思い浮かべ、相性とはそう簡単に語れないものなのだろうとしみじみ感じていた。

「……あの」

「……なんだ」

「天さん、蝦蟇の毒は……」

「どうもない」

「そう、ですか……。ところで、黒塚さんは……」

「知らん。正体を暴いた途端に消えた」

「な、なるほど……」

帰路につく前、芽衣は天の計らいで、道中の温泉に足を浸して疲れを癒した。

ただ、天の機嫌はまったく直っておらず、ぶっきらぼうな返事を返されるたびに緊張が増していく。

芽衣は居たたまれず、小さく溜め息をついた。

「あの……、深く反省しているのですが……、でも、天さんを信用してないとかではなくて……」

勇気を出して核心に触れると、天はわかりやすく眉を顰める。

返事はなく、芽衣はさらに言葉を続けた。

「もし、毒で天さんが溶けちゃったらと……。黒塚さんだって、毒に触れて傷を負ってましたし……」

「……黒塚のハリボテの体と俺を一緒にするな」

「だって、神様の体だって溶けちゃうって聞きましたし、それに……」

「それに？」

「……たとえ蝦蟇の姿で天さんに会っても、気付かれずに、退治されちゃうんじゃないかと……」

思い出すのは、黒塚の運命を変えるために向かった、過去でのこと。天はあのとき、大切な者を手にかける苦しみを、「想像しただけで地獄だ」と語った。

「見た目も匂いも違っていたら、気付いてもらえないかもって思うじゃないですか……。だったら、先にタケミナカタ様にお会いすればって……」

「……で、黒塚に踊らされ、蝦蟇に騙され、奇跡的に通りかかったヤサカトメに救われた、と」

「……」

言えば言う程、逆に弁解の余地がないことを自覚するしかなく、芽衣はがっくりと肩を落とす。

沈黙は心臓に悪いが、芽衣にはもはや返す言葉がなかった。

——こんなに怒るとは……。

芽衣は、ことの発端となった、血が出ない指先の傷口をそっと握り込む。

すると、ほんのわずかな血がじわりと滲んだ。

これは、芽衣がひとつの依頼を乗り越え、ヒトに戻ろうとしていることを意味する。

本来ならほっとする瞬間だが、零れるのは重い溜め息ばかり。

確かに反省すべき点は多いものの、できれば、一つの依頼を完了させたことを天と喜びたかったと、考える程に芽衣の気持ちは沈んでいく。

——仕方ないか……。私が悪いんだし……。

芽衣はなにもできないジレンマから、足の先でお湯の表面を揺らす。

湯の表面にゆっくりと広がっていく波紋が、芽衣の寂しさを余計に煽った。——けれど。

「——その無駄に派手な着物、全然似合ってないぞ」

「え……？」

唐突な言葉で、芽衣は思わず顔を上げる。

天は相変わらず不満げな表情を浮かべたまま、突然芽衣の手首をぐっと掴むと、顔を寄せて袖口から着物の匂いを嗅いだ。

「ちょ、ちょっと、天さ……」

「お前の匂いがあまりしない。その代わり、妖の臭いとねっとりした香《こう》の匂いが強烈に染み付いてる」

「そ、そんなに……？　天さんは鼻が利――」

「おまけに、俺の匂いもしない」

ぴしゃりと言われたその言葉で、芽衣は固まった。

まるで、いつも自分から天の香りがしているみたいな言い方だ、と。察した瞬間、頬が熱を持つ。

「……で、でも……、それでも私だって気付いてくれたじゃないですか……。あのときはほとんど蝦蟇になってたのに……」

「気付かないわけがないだろう」

「どうして……？」

「うるさい。わかるものはわかる」

理由は言わず、けれどさも当たり前のように即答され、芽衣の心臓がドクドクと高鳴る。

一方、天の機嫌はまだ直らないらしい。掴んだ手はスルリと離され、芽衣は行き場を失った腕をおずおずと引く。

「天さん……」

苛立つ天の姿は、たいして珍しくない。ただ、普段それが芽衣に向けられることは、ほとんどない。

最近はとくに天との距離感が近かっただけに、寂しさが余計に募った。

どうすればいつも通りに戻ってくれるのだろう、と。必死に頭を悩ませるけれど、なにも浮かばないまま時間ばかりが過ぎていく。——そして。

「そろそろ戻るぞ」

天がそう口にした瞬間。芽衣の中で、なにかがプツンと弾けた。

「——じゃあ、この匂いが取れたら……、また、天さんの匂いを付けてくれます……？」

「は？」

それは、なかば衝動だった。

ポカンとする天を他所に、芽衣は縁から腰を浮かせ、そのまま湯の中に体を滑り込ませる。

「お、おい……！」

芽衣は一度頭まで潜り、派手に水飛沫《しぶき》を上げてふたたび顔を上げる。

天は、濡れた着物を気にする様子もなく、これまで見たことがない程、呆気にとられていた。

「取れました？　匂い」

「……」

「確認してください」

芽衣は、袖を握って天の前に差し出す。

さすがに奇行が過ぎるだろうかと思うものの、もう後には引けなかった。むしろ、たとえ引かれようとも、天の仏頂面が元に戻るならなんでもよかった。

固まったまま身動きを取らない天に、芽衣はさらにぐいっと迫る。――すると。

「……奇想天外な」

天はそう口にしたかと思うと、差し出した芽衣の腕を掴み、思いきり引き寄せた。

芽衣の体は天の両腕にすっぽりと包まれ、思いもしない展開に芽衣は戸惑う。

「て、天さんの着物が……、濡れちゃいます……！」

「匂いを付けろと言ったのはお前だろう」

「言いました、けど……！　て、てか、匂い、取れてます……？」

「取れてない。これで上書きする」

天は、両腕にさらに力を込めた。その力があまりに強く、芽衣は天の肩を叩いて息苦しさを訴える。

しかし、力は一向に緩まない。

「……て、んさ」

「うるさい」

「ほん、とに、潰れ……」

「──無意味だろ、お前が死んだら、なにもかも」

「え……？」

天が零した声があまりに辛そうで、芽衣はふいに苦しさを忘れた。

天はいったいどんな表情をしているのだろう、と。想像すると、心がじりじりと痛んだ。

「お前がヒトに戻るためにやってきたことは、どれも、最初は不可能に思える難事ばかりだった。……だが、すべてやり遂げた。この調子なら、ヒトに戻れるかもしれないとも思う。……ただ、死んだらすべて終わりだ」

「天、さん……？」

「芽衣。……俺は、無茶して死なれるくらいなら、——妖になろうが、生きてってくれた方がいい」

「……」

目の奥が、じわりと熱くなった。

天はいつもぶっきらぼうだけれど、こんなふうに思いをぶつけてくるときの言葉には、なんの飾りも誤魔化しもない。

だからこそ、それは胸が苦しくなる程まっすぐに心に刺さる。

芽衣がこくりと頷くと、天はほっと息をついた。

やがて、天は腕の力を緩ませ、ずぶ濡れの芽衣を見て小さく笑う。

「……急いで帰るぞ。これで風邪でもひかれたらたまったもんじゃない」

「……天さん」

「ん？」

「もし、私が蝦蟇の姿のまま戻らなくても、連れ帰ってくれました？」

それは、興味本位で口にした、戯れの質問だった。

すると、天は少し呆れたように目を細める。

「……沼を掘るしかないな。やおよろずの庭に」

「沼……！」

いたって真面目な返事に、芽衣はたまらず笑う。

すると、天は芽衣の腕を引いて立ち上がらせ、顔を覗《のぞ》き込んだ。

「別に冗談は言ってない」

あまりの近さに、心臓がドクンと大きく鼓動を打つ。——そして。

「お前の目は、見たらすぐにわかる。なんの疑念も警戒も映さない、怖ろしく透明な目だ。……散々な目に遭ってきたというのに、一点の濁りもない。そんな目をしてる奴は、年端もいかない子供か阿呆だけだ」

「誉められたのかと思いきや、阿呆……」

「反論できる立場じゃないだろう。……おい、いい加減帰るぞ」

酷い言われようだというのに、高鳴る芽衣の鼓動は収まらなかった。

天の言葉はおそらく、「どうして自分だと気付いてくれたのか」という、芽衣が少し前に投げかけた問いの答え。

それは、考え得るどんな答えよりも天らしく、深い愛情が感じられた。

天は芽衣を湯から引き上げると、すぐに狐に姿を変えた。

背中に掴まるやいなや天は跳ねるように駆けだし、温泉の景色があっという間に背後へ遠く流れていく。

空気はひんやりと冷えているのに、芽衣の火照った体は、しばらく冷めそうになかった。

*

「——想像を絶する早い解決だった。……芽衣、お前は本当に面白いな。まさか、蝦蟇を自らの体で捕獲するとは」

やおよろずへ戻ると、芽衣は天に急かされて新しい着物に着替え、早速天とともにタケミカズチの部屋を訪ねた。

すると、タケミカズチは芽衣の報告を楽しそうに笑い飛ばした。

「いえ、私の力というよりは……、ほとんどヤサカトメ様やタケミナカタ様のお力です……」

「いや、蝦蟇の毒を浴びてもなお無事でいられた芽衣自身の強さはもちろん、強い運も味方したのだろう。運も立派な実力だ。それに加え、妖の着物で逃げ道を塞ぐとは、なかなか機転が利いていたな」

「機転というか、着物はなりゆきで――」

芽衣は否定しかけて、ふと口を噤《つぐ》む。

冷静に考えてみれば、なぜ黒塚があの場にいたのか、いまだ釈然としていない。

一度は疑念が過ったけれど、もし黒塚が芽衣を陥れようと思ったならば、もっと簡単な方法をいくらでも持っているだろう。

少なくとも、わざわざ遠くまで付け回す労力をかけるとは考えにくい。

ただ、黒塚の心の内なんて、芽衣には到底見当もつかなかった。

仮面のように整った顔に薄っすらと浮かべた怪しい笑みが、わずかな介入をも許してくれない。

黒塚は本当に掴めない、と。

ついつい考え込んでいると、ふいにタケミカズチが立ち上がった。

「さて。もう少し長く滞在することになるだろうと思っていたが……、まさか一晩で解決するとは見事だった。私は天照大御神の元へ行く。報告はしておくから、ゆっくりするといい」

「もうご出発ですか？」

「ああ。おそらく、お前もすぐに内宮へ呼び出されるはずだ。困りごとを抱えた神は、まだまだ多いからな。その知恵はおおいに役立つだろう」

「私にできることなら……」

「期待している」

タケミカズチからの期待は少し重かったけれど、芽衣の目的を達成するためには、いずれにしろ越えていかなければならない試練だ。

芽衣は頷き、天と一緒に玄関に出て、タケミカズチを見送った。

姿が見えなくなると、天は深い溜め息をつく。

「先は長いな。……俺は仕事に戻る。お前は少し休め」

「いえ、大丈夫ですよ！　私はまだ……」

「いいから、言うことを聞け。……タケミカズチが言っていた通り、いつ呼び出されるかわからない。せめて体だけは万全にしておけ」

「……ありがとうございます」

やおよろずは、相変わらず忙しい。

名簿には、日々神様たちの名前が増え続けている。

芽衣は少し申し訳なく思いながら、けれど、今回は心配をかけたぶん素直に言うことを聞いておこうと、自室へ戻るため庭に出た。

そのとき、――ふいに目に入ったのは、庭の隅に佇《たたず》む黒塚の後ろ姿。

近寄ると、黒塚は振り返り、口に手を当てて笑った。

「あら、おかえりなさい。……もしかして、苦情を言いにきたのかしら。……ごめんなさいね、私の着物に強い結界が働くことを、すっかり忘れていたのよ」

「結界……、ですか」

「ええ。……スサノオ様が封印なさったオロチの鱗を糸に練り込んであつらえたの。私のようなか弱い妖が身を守るための知恵として」

「……そんなこと、忘れます？」

「惚《ほ》れた男のこと以外は、すぐに」

「……」

黒塚の様子はいたっていつも通りだった。芽衣はその本心を探ろうと思うものの、序盤から壁は厚い。

おそらく、経験値に差がありすぎるのだろうと、芽衣は早々に諦め、深い溜め息をついた。

すると、黒塚はいかにも楽しげに笑う。

「ねえ芽衣さん、怒ったの？　地味で短気だなんて、嫌われるわよ」

「いえ。――ありがとうございました」

「え？」

初めて、黒塚の完璧な笑みがわずかに崩れた。

それは無理もなく、芽衣自身も、そのお礼が正しいのかどうか、確信を持てていない。

それでも、たとえ間違っていたとしても、口にせずにはいられなかった。

「よくわからないですけど……。黒塚さんは多分、タケミナカタ様が蝦蟇を逃がして困っていることを知った上で、捕獲の協力をしてくれたんじゃないかって思ってます。だって、黒塚さんが本気で私を貶《おとし》めようと思ったら、わざわざ蝦蟇を利用するまでもないでしょうから」

「芽衣さん……？」

「まあ、だとしたら方法はめちゃくちゃ乱暴ですし、天さんからも怒られて散々でしたけど。少なくとも、タケミカズチ様の依頼を完了できたのは、黒塚さんのお陰でもあります」

「あら……、驚いた。ずいぶんお人好しな解釈をするのね」

「っていうか、あんな柄の着物、前からお持ちでした？　初めて見ましたけど」

「……」

芽衣はそこまで言うと、くるりと踵《きびす》を返す。

黒塚から本当のことを聞けると思っていないぶん、返答は無意味だったからだ。——するとと。

「芽衣さん、待って」

思いがけず呼び止められ、芽衣は立ち止まる。

振り返ると、黒塚はすっかり動揺を消し、いつも通りの笑みを浮かべていた。

「一つだけ報告だけれど、天様は私の術に騙されてくれなかったわよ。誘惑してみたものの、目もくれなかったわ」

言葉の意味を理解するより早く、額に変な汗が滲む。

「……はい？　……あの、ちょっと待ってくださいね……？　誘惑……ってまさか、私の姿で……？」

「ええ。だけど、芽衣さんの痩《や》せこけた体では、色気が足りなかったみたい」

「な、なにしてくれてるんですか……！」

芽衣に扮した黒塚が天に迫る様子を想像すると、たちまち眩暈に襲われた。

同時に、天が簡単に偽物だと見破ったのも無理はないと納得した。

悲しきかな、芽衣には色気を武器にするスキルなど皆無だ。おそらく、天もよくわかっているだろう。

芽衣は、怒りやら恥ずかしさやらが絡み合った複雑な感情を処理しきれず、がっくりと項垂れる。

「最悪です……。……でも、今はもう怒る気力もないので、蝦蟇の捕獲を協力してくれた件で相殺ってことにしておきます……」

そんな芽衣の反応を見て、黒塚はクスクスと笑った。

「あら。それなら……、結局私は借りが一つ残ったままだわ」

「借り？　……私、別に返してもらうものなんてないですけど」

「そう？　なら、忘れて頂戴」

気にはなったものの、あまり深追いはやめておこうと、芽衣は今度こそ黒塚に背を向ける。

芽衣の後ろ姿を見送った黒塚は、懐からそっと娘のお守りを出し、頬に寄せた。

「……突然、大昔の夢を見てしまっただけなのよ。――救いのない地獄に足を踏み入れようとしていた私を引き戻した、おかしな女と狐の夢を」

その呟《つぶや》きは、芽衣には届かない。
黒塚はお守りを大切に仕舞うと、静かに庭を後にした。

建御名方神《タケミナカタノカミ》

諏訪大社の祭神
国譲りの際、建御名方神だけは納得せず、建御雷神と相撲で焦眉し敗退。

八坂刀売神《ヤサカトメノカミ》

建御名方神の妻であり、おなじく諏訪大社の祭神。湯玉(化粧道具)から温泉を湧かせる力がある。

第二章　狙われた白狐と毒蜘蛛の器

「ねえ芽衣、コレに見覚えない？　誰かの落とし物なんだけど」

ある日、突如訪ねてきたシロが、芽衣の前に美しい筆を掲げた。

それは、天然木の筆管《ひっかん》に花の絵柄が彫られ、白い穂首《ほくび》が美しくまとまった、大切に手入れされていることが窺《うかが》える筆だった。

「綺麗《きれい》……。どこに落ちてたの？」

「座敷だよ。気付いたのは昨日なんだけど、いつから落ちてたのかはわかんないや。玄関の目立つところに置いてたら、次に来たときにでも気付いてくれるかなぁ」

いつから落ちていたかわからないとなると、持ち主を限定するのは難しい。完成した当初は問題だらけだった草の縁も、今やたくさんのお客さんで賑《にぎ》わっているからだ。

「そうだね……。でも、きっと困ってるだろうな……。こだわって作ったものみたいだし、きっと愛用品だろうから」

「そうだけどさ。……どうせこだわるなら、ついでに名前も彫ってくれてたらよかったのに」

芽衣はシロから筆を受け取り、繊細な絵柄を見つめる。――すると、そのとき。ふいに、遠い記憶がかすかに蘇ってくるような、不思議な心地がした。

「あれ……？　なんだか……、見たことある気がしてきた……」

「え、本当？　いつ？」

「思い出せないけど……、いつだっけ……」

芽衣は必死に記憶を手繰り寄せようとするものの、あまりに曖昧で、なかなか形にならない。

そのとき、ふとひとつの案が浮かんだ。

「ねえ、シロ。最近いらっしゃったお客様の名簿を見せてもらえない？　お名前を見たら、思い出すかもしれないから」

芽衣は、もし名簿に知っている名前があれば、そこから記憶と結びつくかもしれないと考えていた。

しかし、芽衣の期待を他所に、シロはこてんと首をかしげる。

「名簿？　なにそれ。うち、そんなのないよ」

「え……？　記帳していただいてないの？」

「全然。うちはただの立ち寄り湯だし。わざわざ名前を聞く必要ないでしょ」

あっさりと希望が砕かれ、芽衣は肩を落とす。

ただ、シロが言う通り、草の縁は温泉を提供する以外のサービスがなく、予約も受け付けていないのだから、名簿がないのは不自然ではなかった。

そもそも、シロには商売に対する執着がほとんどない。ただ、逆に面倒な業務をすべて削ぎ落としたからこそ、気軽に立ち寄りやすい場所となり、繁盛に繋がったという考え方もある。

「なら、神様たちのお名前も覚えてないよね……？」

「僕、芽衣以外には別に興味ないし」

「……」

ヒントを得られず、芽衣は半ば諦め溜め息をつく。――けれど。

「――あ、でも……、少し前に、見たことあるお客さんが来てたかも」

シロの思わぬ言葉に、芽衣は顔を上げた。シロが記憶しているとなると、よほどインパクトがあったのだろうと、興味本位が疼く。

「前にもいらっしゃったことがある神様？」

「うん。ほら、草の縁を作ったばかりの頃に、やおよろずと間違えて来た、親子三人連れのお客さんだよ。黒蛇に襲われても気付かなかった兄弟と、歌を詠んで助けたお母さん、いたでしょ？」

「あ……！　いすけよりひめ様と、かんぬな様、かんやい様のご兄弟……？」

それは、とても懐かしい名前だった。そして、その三人と共に経験した怖ろしい出来事を、鮮明に覚えている。

開店した頃の草の縁には、結界がなく無防備だった。

結果、黒蛇の妖に侵入され、客として来ていたかんぬなとかんやいの命が狙われてしまった。

二人は黒蛇の術にかけられ、命が削られていることに気付かないまま酒を呑み続けていて、当時の芽衣たちはずいぶん頭を抱えたものだ。

そのとき、二人の母であるいすけよりひめが、草の縁の門に吊るされていた風鈴の短冊に歌をしたため、二人に危険を知らせることで、なんとか難を逃れたというのが、事の顚末《てんまつ》となる。

「あのときの黒蛇、怖かったよね……。あれだけの事件だったし、シロもさすがに覚えてたんだね」

「あの日のことは忘れられないよ。芽衣を殺す気かって、イジワルな狐に二度も殴《なぐ》られたし」

「イジワルな狐って、天さんのことね……。でも、お陰で草の縁もすっかり安全になったからよかったでしょ……？　今はすごく繁盛してるし、シロには商売の才能があるんじゃないかな……！」

わかりやすく不満げな表情を浮かべたシロを、芽衣は慌てて宥めた。

すると、シロは渋々頷く。

「そういうの、あんまり興味ないけど……。ま、いいや。確かに、芽衣が危険な目に遭うのは困るしね」

シロに笑みが戻り、芽衣はほっと息をついた。

そして、改めて、いすけよりひめたちのことを思い浮かべる。

「それより、いすけよりひめ様たちはお元気そうだった？　また来てくれたってことは、草の縁を気に入ってくれたんだね」

「そうかなー。うちではあまりいい思い出がないはずだし、多分、やおよろずに泊まったついででしょ。芽衣たちは最近ちょくちょく出かけてるから、会ってないのかもしれないけど」

「そう、なのかな……？」

確かに、最近の芽衣は、天とともにやおよろずを空けることが増えた。

重要な目的があるとはいえ、思い出深い神様たちと再会する機会を逃していると思うと、少し寂しい。

「会いたかったたな。……それにしても、いつ頃いらっしゃってたんだろう」

「うーん。よくわかんない。半月くらい前……？　いや、一ヶ月前かな」

「さすが、ざっくりしてる」

神の世に棲む面々は、皆、時間の感覚がかなり適当だ。神様たちに関しては、数百年前すらも「この間」と表現したりする。

芽衣が肩を落とすと、シロはこてんと首をかしげた。

「気になるなら、見てくれれば？」

「え？」

「さっき言ってたじゃん。やおよろずには名簿ってのがあるんでしょ？　もしやおよろずにも寄ってたなら、名前が残ってるんじゃないの？」

「あ……！　確かに！」

芽衣が目を見開くと、シロは無邪気に笑いながら、やおよろずの玄関を指差した。

「見ておいで。僕、ここで待ってるから」

「うん……！　すぐに戻るね」

芽衣は頷き、鳥居を潜って玄関へ急ぐ。

ちなみに、シロが鳥居の中に足を踏み入れることはほとんどない。

天とシロはそりが合わず、顔を合わせればたちまち険悪な空気が流れるため、おそらく本人たちも互いのテリトリーに深く踏み込まないよう、意識しているのだろう。

芽衣は玄関に入ると、カウンターの上の名簿を手に取りページを捲る。すると、十日前に、いすけよりひめたちの名前を見つけた。

「十日前っていうと……、天さんと大浪池《おおなみのいけ》に行った頃かな……」

ふいに、いすけよりひめの優しい笑顔が懐かしく思い出された。なんだか会いたくなって、几帳面に記された文字をそっと撫でる。――そのとき。

「そういえば、いすけよりひめ様は筆をお持ちだった……」

ふと記憶を掠めたのは、いすけよりひめが風鈴の短冊に歌をしたためる姿。

あのときは切羽詰まっていたし、さすがに筆の装飾までは覚えていないけれど、シロの話と照らし合わせても、筆の落とし主がいすけよりひめである可能性は否定できない。

芽衣は名簿を戻し、ふたたびシロの元に向かった。

「ねえシロ、それ、いすけよりひめ様の筆かも……」

「そうなの？　……ってことは、風鈴の短冊に歌を書いたときのやつ？」

「わかんないけど、可能性はあるなって。ただ……、もしそうだとしても、お返しできるのはだいぶ先になっちゃうね……」

神様たちが伊勢を訪れるのは、基本的には年に一度。

季節を決めている神様がほとんどだが、どうやらいすけよりひめたちはそうではないらしい。今はもう秋だが、前回の来訪は春だ。

となると、次に会える時期を予想するのは難しい。そもそも、必ずしもやおよろずや草の縁に立ち寄るという保証もない。

「大切なものなら、きっと探してるよね……」

芽衣はいすけよりひめのことを思い、つい考え込む。

すると、ふいに、シロが芽衣の肩を叩いた。

「じゃあさ、僕に任せて」

「え……？」

「気になるんでしょ？　だったら、僕が届けてくるよ。えっと……イスケなんとか様のところに」

あまりにサラリと口にされ、芽衣は驚きシロを見つめる。

すると、シロは嬉しそうににっこりと笑った。

「芽衣の気がかりが消えるんだったら、別に簡単なことだよ。言っとくけど、僕だって足の速さにはそこそこ自信があるから」

「シロ……」

確かに、シロも天と同じ狐だ。同じ能力を持っていても不思議ではない。本当に筆を返しに行ってくれるならば、芽衣の気がかりも消える。——しかし。

「でも、どこに行けば会えるの？」

「えっと……、奈良《なら》の橿原《かしはら》神宮にいらっしゃるって聞いたような……」

「ナラ？　……カシハラ？　どこ、それ」

「……」

どうやら、シロに地理の感覚は皆無らしい。芽衣は地面に座り込み、木の枝を使って簡単に本州の外周を描く。

そして、ひとまず枝の先で伊勢の場所を指した。

「こっちが北で、この線の外側が海ね。で、今私たちがいるのはこの辺り。奈良は、この辺かな」

しかし、シロはずいぶん難しい表情を浮かべていて、たちまち不安が過る。

「……ねえ芽衣、やおよろずと草の縁はどこ？」

「え？　……こんな小さい地図じゃちょっと……」

「とりあえず、日が落ちる方向に走れば着くってこと？」

「……」
二、三の会話を交わしただけなのに大きな不安が込み上げ、芽衣は途方に暮れた。
ただ、シロはつい最近まで狐として暮らしていたのだから、決して不思議なことではない。

「目印さえ教えてくれたら、きっとなんとかなるよ」

「目印か……。ちなみに、この筆の匂いで辿れたりする……？」

「近くまで行けば、多分わかると思う」

「そっか。じゃあ、ひとまず奈良にさえ着ければ……」

芽衣は、シロでもわかる目印はあるだろうかと、修学旅行で訪れた奈良の風景を思い浮かべる。

けれど、建物や駅を教えたところでシロに伝わるとは思えず、早くも頭を抱えた。

するとそのとき。

「――なんの相談だ」

背後から響いた、天の声。

振り返ると、いかにも不機嫌そうな表情を浮かべた天が、座り込む芽衣たちを見下ろしていた。

「天さん……！　相談というか、ちょっと困ったことがあって」

「……なんだ」

「実は、草の縁に落とし物があって。多分、いすけよりひめ様の物だと思うんです。それで、シロが届けてくれようとしているんですけど……、場所をどう説明したらいいかわからなくて……」

「……諦めろ。無理だ」

あまりにもあっさりと否定され、芽衣は面喰らう。

けれど、慌てて首を横に振った。

「そんな……、シロだってちゃんと教えれば行けますよ……」

「ほう」

「た、多分……」

天に見つめられると、不安からつい語尾が濁る。そんな芽衣に、シロはあっけらかんと笑った。

「別に、なんとかなると思うけどなー。この間も鹿を追ってたら知らない山に行っちゃって。でも、一晩でフツーに戻って来れたし」

「一晩……？」

「途中で疲れて寝ちゃったから、正味、数時間ってとこだよ」

「メンタルは、強いね……」

聞けば聞く程に不安は募るばかりで、芽衣は、この計画は現実的でないと密かに察していた。

一方、当のシロは行く気満々な様子で、芽衣は戸惑う。

すると、すっかり興味を失ったらしい天が、芽衣の腕を引いた。

「行くぞ。……構っていられない」

「あ、でも……！」

このまま放っておけばシロが出発してしまいそうで、芽衣は咄嗟に天を引き留める。

――そして。

「て、天さんが、シロを連れて行ってあげるっていうのはどうでしょうか……！」

咄嗟の思い付きで口にした言葉に、二人が同時に顔を引きつらせた。

「芽衣、なに言ってんの……？」

「だって……。シロはきっと迷子になっちゃうし……」

「気持ち悪いことを言うな。子供じゃないんだから一人で行かせろ」

「なに、その偉そうな態度。ってか関係ないんだから早くどっか行ってよ」

「ま、待って……！　ごめん、今の取り消すから！　落ち着いて！」

今にも喧嘩が始まりそうになって、芽衣は慌てて間に入って二人を宥《なだ》めた。

迂闊《うかつ》な発言を反省するものの、もはや手遅れで、天にけしかけられてしまったシロは、筆を握りしめて天を睨みつける。

「腹立つから、これ、絶対届けてくる」

「シロ……！」

「大丈夫だよ、芽衣。なんとかなる予感しかしない」

「予感じゃ駄目だよ……！　早まらない方がいいってば！　心配なの！」

「じゃあ、――芽衣が付いてきてよ」

それは、思いもしない提案だった。

たちまち天から殺気が溢れ、芽衣はクラッと眩暈を覚える。

しかし、シロは平然と笑みを浮かべた。

「最近ちょくちょく二人で出掛けてるみたいだし、たまには僕と行ってもいいでしょ？　芽衣は僕より土地勘あるみたいだしさ」

「シロ、別に私たちは遊んでるわけじゃ……。お困りの神様のところにお手伝いに行ってるだけで……」

「コレだって、困ってる神様のお手伝いじゃん。……どう違うの？」

「えっと……」

そう言われてしまうと言葉を返せず、芽衣は困惑した。複雑極まる経緯《いきさつ》をシロにどう説明すればいいのかわからなかったからだ。

ただ、ふと冷静に考えれば、シロの言い分にも一理あった。

天照大御神からの依頼であろうと、シロからのお願いであろうと、神様が困っていることに変わりはない。

芽衣が言い淀んでいると、ついに痺《しび》れを切らした天が、シロに乱暴に片手を差し出した。

「なら、貸せ。俺が行ってくる」

「天さん……！」

思いもしない提案には驚いたものの、芽衣は胸を撫で下ろした。天が行ってくれるなら、なんの不安もないと。——しかし。

「いや、いい。……草の縁の落とし物だから、僕が行く」

シロは、筆を背中にサッと隠し、天を睨んだ。

「シロ……！」

「芽衣、ごめん。でも、散々馬鹿にされたのに、これを任せたら認めたことになる。……僕にだってプライドがあるから」

シロの言い分は、もっともだった。普段から天のことを、よくいえばライバル視しているし、あっさりと任せてしまうのは抵抗があって当然だ。

しかし、このままではなにも決まらない。

膠着《こうちゃく》状態の中、芽衣はオロオロしながら二人を見比べた。

すると、そのとき。

「わかった。——芽衣、付き合ってやれ」

突如、天がまさかの言葉を口にした。

「え……？　天さん……？」

「いいの⁉」

それは、普段の天ならまずあり得ない判断だった。

芽衣は、天がついに匙《さじ》を投げたのではと不安を覚える。けれど、天はごく普段通りの様子で、シロに視線を向けた。——そして。

「ただし、条件がある」

喜ぶシロを前に、ぴしゃりと言い放った。

「条件？」

「まず、日没までに帰ってこい。過ぎれば、二度と芽衣は貸さない」

「……芽衣を自分の所有物みたいな言い方しないでくれない？」

「嫌ならこの話は無しだ。次に、万が一芽衣に怪我を負わせたら、この山から出て行ってもらう」

「なにそれ……。負わせるわけないでしょ。馬鹿にしないでよ」

「……なら、さっさと準備しろ。時間がなくなるぞ」

天はシロを挑発しながらも、不思議なことに話をみるみる進行させた。

流されるままに条件を飲んだシロは、ご機嫌な様子で芽衣に手を振る。

「じゃ、草の縁を閉めてくる。後で迎えにくるからね、芽衣」

「え、あの……」

「一時間後くらいかな！　じゃね！」

返事も待たずに立ち去る後ろ姿を目で追いながら、芽衣は怒涛《どとう》の展開に付いていけず、茫然と立ち尽くしていた。

天がそっと肩に触れ、ようやく我に返る。

「天さん……、どうしてあんな……」

疑問を口にすると、天は小さく溜め息をついた。

「慣れ慣れしい白狐にお前との距離を取らせるいい機会だ。とはいえ、日が落ちるまでってのは、そう無茶でもない。これでも譲歩した方だ」

「そ、そんな目論見《もくろみ》が……」

「なにかあったらすぐに呼べよ。さすがに付け回したりはしないが、日が暮れた瞬間に迎えに行く」

「は、はい……」

「とりあえず、橿原神宮までの馬鹿でもわかる目印をお前に教えておくから、白狐を案内してやれ」

「わかり、ました……」

返事をしたものの、芽衣は、いまひとつ天の心境を推し量れずにいた。

突き放したいのかと思いきや、親切な計らいとも取れる。

案外、天自身も、シロに対するスタンスに迷いが生じているのではないかと芽衣はふと思った。

疎《うと》ましく思う一方で、同じ狐として放っておけない気持ちがあるのかもしれないと。

思い出すのは、月読《つくよみ》が見せてくれた過去の天の姿。若かりし天はあまりに危なっかしく、今のシロに近いものがあった。

そう思うと、今日の天の態度には、少し納得がいった。

一人で頷いていると、天の訝《いぶか》しげな視線が刺さる。

「おい、なにをぼーっとしてる」

「い、……いえ！　そうだ、橿原神宮への目印を教えてください……！」

考えていたことを天に言うわけにはいかず、芽衣は慌てて誤魔化した。

*

出発したのは、ちょうど一時間後のこと。

外はまだ明るかったけれど、冬が近付いている今の時期は日が短く、リミットである日没まではおそらく三時間というところだ。

ちなみに、天が言うには、橿原神宮は近く、やおよろずのほぼ真西に位置しているため、比較的行きやすいという。

天やシロのような特殊な狐の足ならば、よほど遅くとも、往復で一時間もかからないという話だ。

おまけに、天から聞いた目印はとてもわかりやすかった。

それは、「伊勢から西に向かって伸びる櫛田川《くしだ》に沿ってひたすら走れ」というもの。

ヒトと違って足場に左右されない狐にとって、川沿いはもっとも走りやすく、迷いにくいらしい。

現に、シロは出発からずいぶん順調だった。

出掛ける前、シロが白い狐に化けた瞬間は、天よりもひと回り小さいその姿に芽衣は不安を覚えたけれど、シロは芽衣を背に乗せて軽々と走った。

「――芽衣、どう？　疲れてない？」

「全然大丈夫だよ」

二人が最初に足を止めたのは、出発して二十分くらい経った頃のこと。

そこは、櫛田川と、逆側から流れてくる木梶川《きかじ》が合流する地点で、天から聞いた、いわゆるチェックポイントだ。

そこから西側の正面にそびえる山を越えれば、橿原神宮はもう近く、あとは匂いで辿れという指示だった。

「今のところ道も間違えてなさそうだし、思ったより早く着くかもね！」

「ね、大丈夫だって言ったでしょ？　僕、走り回るのはあまり好きじゃなかったけど、今日は芽衣が一緒だからすごく楽しい」

「シロ……」

あまりに素直な感想に戸惑いつつも、芽衣もまた、シロとの新鮮な旅を楽しんでいた。

シロは川の魚を眺めながら、大きく伸びをする。

「てか、あのヒトが出した条件ってさ、逆に言えば、日が落ちるまでに戻れば今後も芽衣を誘って遠出してもいいって意味にも取れるよね？　余裕じゃん。またどこか行こうね、芽衣」

「それは……、天さんがいいって言わないと」

「いちいちあいつの許可がいるの？」

「私、やおよろずの従業員だもの」

「……それだけ？」

る。
意味深に尋ねられ、芽衣は思わず目を逸らした。
シロからたびたびぶつけられる好意はあまりに直球で、躱《かわ》すのにいつも苦労してい
る。
正直、口調があまりに軽いせいで、どこまで本気なのかもよくわからない。
シロはなんだか放っておけず、一緒にいるときは、弟がいたらこんな感じだろうか
と想像し、つい気を許してしまう。
だからこそ、急に意味深なことを言われると動揺が抑えられない。
「と、とにかく、まだ気が早いでしょ……？　橿原神宮に着いてもいないんだから」
「……まあ、確かに。じゃ、行こっか」
シロは頷き、ふわりと狐に姿を変えた。
芽衣はほっと息をつき、その背中に掴まる。
正面の山を頂上まで駆け上がると、遠く広がるのは奈良の街並み。碁盤目《ごばんめ》状に区画
された街の風景は壮観で、芽衣の心がたちまち高揚する。
どうやら問題なく着きそうだと、芽衣はようやく少しだけ気を緩めた。――しかし。
「――もしかして、通り過ぎちゃったかも」
衝撃の告白を聞いたのは、それからわずか十分後のこと。

シロは山を一瞬で下り、街をウロウロと走り回った後、突如ぴたりと立ち止まってヒトの姿に戻った。

まさかの展開に、芽衣は動揺を隠せなかった。山を下りてから橿原神宮までの道のりは、完全にシロの嗅覚頼りだったからだ。

「えっ……、匂いは……？」

「……なんか、思ったよりいろんな匂いがするんだよね、この辺」

「そんな……」

「とりあえず、一回あっちで休も？　ちょっと落ち着いたら匂いを辿れるかもしれないし」

シロは芽衣の手を引き、ヒトの気配のない杉林を指差す。

迷っているというのに、まったく焦らないところは、ある意味頼もしくもあった。

「そう、だね……」

芽衣は頷き、シロの後に続く。

林に足を踏み入れると、空気がじっとりとして薄暗く、なんだか独特の雰囲気が漂っていた。

「ねえ……、ここ、少し変な感じしない……？」

「変？　どこが？」

「どこっていうか……、全体的に……」

「う–ん……よくわかんない……。多分、僕が迷ったせいで不安にさせちゃったんだよね。ごめんね、芽衣」

「違うよ、そういうのじゃなくて……」

「大丈夫。絶対無事に連れて帰るから、安心して？」

「シロ……」

確かに違和感を感じているのに、それを上手く伝えられないことがもどかしかった。

一方、シロはどんどん林の奥へ向かって足を進める。

「奥からたくさんのヒトの匂いがするから、このまままっすぐ行けば林を抜けて、街に出られそうな気がする。多分すぐだから、歩いて行ってみよ？」

「うん……」

不安は消えなかったけれど、すぐに街に出られるならば問題ないだろうと、芽衣は頷いた。

しかし、進めば進む程、異様な空気は濃くなる一方だった。——そして。

「芽衣、あそこ、なにかあるね」

「え……？」

ふいにシロが立ち止まり、薄暗い茂みを指差す。

芽衣が視線を向けると、そこには、ポツンと佇む石柱があった。

明らかな人工物であることにひとまずほっとするものの、それはずいぶん古く、少し異様だった。

「なんだろう？　お墓かな」

「こんなところに、一つだけ……？」

「なにか書いてあるみたい。行ってみようよ」

シロは興味を惹かれたらしく、躊躇《ためら》う芽衣を他所に石柱の傍まで近寄ると、まじまじと見つめる。

芽衣が渋々後を追うと、確かに、石柱の表面には「蜘蛛窟《くもくつ》」という三文字が刻まれていた。

「くも……くつ……？」

「虫の蜘蛛？　蜘蛛のお墓ってこと？」

「わかんないけど、なんだか怖いし、そっとしておこう……？」

「そんなに怖がらなくても大丈夫だよ。だって不思議じゃない？　わざわざお墓を作るってことは、絶対普通の蜘蛛じゃないでしょ？　もしかして神様かなー。神様だったら、いすけよりひめ様の居場所、教えてくれないかな」

シロはそう言いながら、蜘蛛窟に手のひらでぺたぺたと触れた。

「シロ……、やめなって。もしお墓だとしたら、そんなに触っちゃ失礼だよ……」

「そういうもの？」

「早く行こう……？　それに、ゆっくりしてたら日が落ちちゃうし……」

「そだね。わかった」

必死に訴える芽衣に、シロはようやく頷き、蜘蛛窟から離れる。

芽衣はひとまずほっと息をつき、足早にその場を後にした。

ふたたび足を進めると、視界が徐々に明るくなり、やがて目の前に奈良の街並みが広がる。

シロが嬉しそうに目を輝かせたのは、間もなくのことだった。

「芽衣、なんだかいすけよりひめの匂いがする！」

「本当……⁉」

「うん！　……あー、危なかった。急ごう！」

芽衣が頷くと同時に、シロは狐に姿を変える。

背中に掴まると、シロはすぐに移動を始めた。その動きからは、もう迷いは感じられない。

一時はどうなることかと思ったものの、無事にいすけよりひめに会うことができそうだと、芽衣はようやく喜びを噛みしめた。

「――芽衣、そしてシロ、本当にありがとうございます。これは間違いなく、私のものです。ずっと捜していたのですが、まさか、草の縁に落としていたなんて」

間もなく到着した橿原神宮で、いすけよりひめは筆を目にした瞬間パッと表情を明るくし、大切そうに頬に寄せた。

「やっぱり、いすけよりひめ様の筆だったんですね……！　お返しできてよかったです」

「ええ、とても大切なものです。本当に助かりました。わざわざここまで足を運ばせてしまい、申し訳ありません……」

「いえ、少し前に伊勢にいらっしゃったと知って、お会いできなかったことを残念に思っていたので、私は嬉しいです」

いすけよりひめは、相変わらず上品で美しく、その穏やかな微笑みを向けられると、芽衣の疲れはスッと軽くなった。

ただ、ゆっくり再会を喜んでいる時間はなかった。気付けば、もう日は傾きはじめている。

このままでは日没に間に合わなくなると、芽衣は慌ててぺこりと頭を下げた。

「では、そろそろ帰りますね」

「あら、もうお帰りですか……？　まだお礼もしていないのに。少しだけでも寄って行かれませんか……？」

「それが、日没までに戻る約束なんです。……シロは遠出が初めてだから、天さんが心配していて」

「そうですか……。それなら仕方がありませんね……」

心から残念そうな表情には心が痛んだけれど、今は厚意に甘えるわけにはいかない。

「また、やおよろずにも来てくださいね！　草の縁にも！」

「ええ、もちろん。息子たちと一緒に、必ず」

芽衣は後ろ髪を引かれつつ、再会を誓って手を振った。

橿原神宮を後にすると、シロはまっすぐに帰路を辿った。

帰りはいたって順調で、出発して間もなく櫛田川と木梶川の合流地点に差し掛かり、シロは一度立ち止まって、芽衣を背に乗せたまま川の水を飲む。

「シロ、降りようか……？　そんなに慌てなくても、間に合いそうだよ……？」

声をかけると、シロはチラリと振り返り、一度首を横に振る。

その様子に、芽衣は、ほんのかすかな違和感を覚えた。

「疲れちゃった……？　ごめんね、重いよね……？」

不安を覚えるけれど、シロはふたたび首を横に振り、今度は優しく目を細める。

ガラス玉のような瞳に夕日が反射し、妖艶な輝きを放った。

普段のシロが子供っぽいせいでつい忘れてしまいがちだが、本来の姿は息を呑む程に美しい。ふとした瞬間、その瞳に吸い込まれてしまいそうになる。

やがて、シロは少しの休息を終え、ふたたび足を踏み出す。

徐々に速度が上がって景色が目まぐるしく流れ、芽衣が思わず目を閉じると、間もなく漂いはじめる馴染み深い森の香り。

目を開ければ、正面に、やおよろずの鳥居があった。

「もう着いてる……！」

天にも劣らない速さに、芽衣は驚きシロの背中から降りる。

日は暮れかけていたけれど、言われた刻限まではまだ十分に余裕があった。

「シロ、すごいね……！　間に合ったよ！」

芽衣が声をかけると、シロはふわりとヒトの姿に戻る。

そして、いつも通りの屈託のない笑みを浮かべ、芽衣の頭にぽんと触れた。

「うん。よかった。……じゃあ僕、帰るね」

「え……？」

「わがまま聞いてくれてありがとう、芽衣。やっぱ僕、芽衣といる時間が一番楽しい」

「シロ……」

刻限に間に合ったなら、きっとシロは天に誇らしげに報告するだろう、と。口論の一つや二つくらい始まってもおかしくないと覚悟していたのに、どうやら会いもしないらしい。

普段の様子とあまりに違っていて、芽衣の心に不安が過った。

「シロ、なんだか変じゃない……？」

「うーん。なんだか眠くて。……はしゃぎすぎちゃったみたい。今日はもう帰って寝るね」

シロはふわっとあくびをし、芽衣にひらひらと手を振る。

確かに、シロの目はトロンとしていた。芽衣は違和感を覚えながらも、手を振り返す。

「ねえ、……明日、草の縁に行ってもいい……？」

「来てくれるの？　今日はいい夢見れそう。……じゃあね、芽衣」

「うん……」

シロと別れ、その後ろ姿が見えなくなっても、芽衣はいつまでもシロが消えて行った方向を茫然と見つめていた。

いまひとつ、違和感が拭い去れない。

けれど、具体的にどこがと考えてみても、よくわからなかった。

「考えすぎ……かな……」

ひとり言が、静かな森に響く。――すると、そのとき。

「帰ったのか」

天が玄関から顔を出した。

「天さん……」

「どうした？」

天は芽衣の表情を見るやいなや、眉を顰める。

「いえ……、シロがあっさり帰っちゃって、なんか変だなって……」

「……日没はまだだな。芽衣、怪我は？」

「いえ、無事です。……やっぱりおかしいですよね……？」

「……確かに気味が悪い」

芽衣の違和感は、天にも伝わったらしい。

おそらく天も、芽衣と同じような展開を想像していたのだろう。

「明日、様子を見に行ってみようかなって……」

「構わないが、一人で行くなよ。俺が行くとあいつが煩《うるさ》いから、因幡を連れて行け」

「はい……」

芽衣は頷き、天と一緒にやおよろずへ戻った。

気にはなるものの、別れ際は笑顔だったしと、芽衣は一旦気持ちを切り替え、厨房へ向かう。

すると、燦が忙しそうに料理を作っていた。

「芽衣、おかえり。疲れてると思うけど、今日すごく忙しくて」

「遅くなってごめん……！　すぐに運ぶね！」

「お願い」

やおよろずは今日もずいぶん繁盛しているらしい。芽衣は慌てて袖を捲り、仕事に戻った。

そして、バタバタと忙しく働くうちに、いずれはシロに覚えた違和感のことも忘れてしまっていた。


目が覚めたのは、夜明け前。

昨晩は久しぶりにどっと疲れ、泥のように眠ったと思っていたのに、窓の外を見れば辺りはまだ暗く、芽衣はもう一度布団に潜り込んだ。

もう一度眠ろうかと思ったけれど、ふと思い出すのは、シロのこと。

――シロ、変だったな……。

一人でぼんやりしていると、つい気になってしまう。

結局芽衣は体を起こし、手早く着替えて庭に出ると、厨房へ向かった。

厨房は真っ暗で、まだ燦の気配はない。ただ、そのときの芽衣の目的は、因幡だった。

因幡は意外と早起きで、まだ誰も起きていない早朝から畑や厨房でたびたび食べ物を物色している。

芽衣は、仕事が始まらないうちに、因幡を連れて草の縁に顔を出してみようと考えていた。

「因幡……?」

小さな声で名を呼ぶと、予想通り、食べ物を仕舞っている戸棚の方からカサッと音が響く。

そして、中から恐る恐る因幡が顔を出した。

「因幡、やっぱり起きてたんだね」

「なんだ、なにも盗んでおらぬぞ」

「別に、捕まえに来たわけじゃないよ……。お願いがあるの」

因幡は、わかりやすく表情に警戒を滲ませる。

「こんな朝早くに頼みごとだと……? あまりいい予感はせぬが、一応言ってみろ」

「うん。実は行きたいところがあって……、因幡、付いてきてくれない?」

「付いてこいと? それはまたずいぶんと――」

「……ずいぶんと?」

突如、因幡が不自然に言葉を止めた。

芽衣が首をかしげると、因幡は珍しく真剣な表情を浮かべる。

「……動くなよ」

「え……？」

「喋《しゃべ》るな」

因幡は戸惑う芽衣を黙らせると、ゆっくりと芽衣の肩に前脚を伸ばし、なにかを掴み取った。

「な、なに……？」

「……肝が冷えたが、どうやら死んでいるらしい」

「え？」

因幡の手に載せられていたのは、小さな蜘蛛。

ほんの小指の先程の大きさだが、紫色の胴体が毒々しい。

「え、嘘……！　蜘蛛が付いてたの……？」

「これは、ただの蜘蛛ではない。たくさんの仲間と集い巨大な毒蜘蛛の妖を作る、怖ろしい奴だ。まだ小さいが、こんなものに噛みつかれでもしたら、芽衣なんぞひとたまりもないぞ」

「妖を作るの……!?」

妖と聞き、芽衣の背筋がゾクリと冷える。

「そうだ。妖となる器を用意し、こいつらが寄ってたかって体液を注ぎ込んで妖を作るのだ。……想像しただけで気味が悪い。……ただ、こいつははるか昔にとうに滅びたはずだが……」

「滅びたのに、どうして……」

ふいに、芽衣の心臓がドクンと揺れた。

そのとき芽衣の頭に過っていたのは、昨日の記憶。忘れもしない、道に迷ったときに通りかかった、「蜘蛛窟」と彫られた不気味な石柱のことだ。

偶然だろうか、と。芽衣の心には、みるみる嫌な予感が広がっていく。――すると。

「どうした」

突如、天が厨房に顔を出した。

天はすでになにかを察しているのか、警戒の滲む表情で芽衣と因幡を交互に見つめる。

「天か。……それが、珍しい毒蜘蛛が芽衣の肩に付いていたのだ。まあ、すでに死んでいるから心配はいらぬ」

「毒蜘蛛だと……？」

天は因幡から差し出された毒蜘蛛を指先でつまみ、じっくりと観察した。

真剣に細められた目が、芽衣の不安をさらに煽る。

やがて、天は毒蜘蛛を布に包んで懐に仕舞い、芽衣に視線を向けた。

「噛まれてはいないな」

「は、はい……」

「なら、ひとまず問題ない。どこから連れてきたのか知らないが、所詮一匹では妖を作ることはできないからな」

その言葉を聞いて、芽衣はひとまずほっと息をつく。

ただ、だからといって、手放しで安心する気持ちにはなれなかった。

――もしかして、蜘蛛窟からずっと付いてきてたのかも……。

どうしても、気になるのは蜘蛛窟のこと。

一匹なら妖を作れないと天は言うが、もしかすると、あの蜘蛛窟の辺りにはもっとたくさんの蜘蛛が湧いているかもしれないと思うと、気が気ではない。

すると、天は芽衣の肩にぽんと触れる。

「そう怯えなくとも、幸い今の芽衣には天照大御神の加護がある。毒蜘蛛ごときにそうそう手出しはできない」

「天照大御神様の加護……？　私にですか……？」

「天照大御神は最高神だ。依頼を請けている芽衣は、おのずと加護を受ける。まあ、軽い魔除け程度のものだが……、蜘蛛が死んでいたのも、加護によるものかもしれないな」

「……私、だけ……？」

「芽衣？」

突如、顔を強張らせた芽衣を見て、天が訝しげに目を細める。

そのとき芽衣の頭の中にあったのは、――シロの存在だった。

――もし、毒蜘蛛と蜘蛛窟が関係してるとして、私が無事だったのが加護のお陰だとしたら、シロは……。

ドクドクと、心臓が激しい鼓動を打ちはじめる。

「天さん……、――蜘蛛窟って、知ってますか……？」

恐る恐るその言葉を口にすると、途端に厨房の空気がピリッと緊張を帯びた。

それだけで、蜘蛛窟がいかに怖ろしい場所なのかを察するには十分だった。

もしかすると、あの蜘蛛窟に近寄ったときから怖ろしいことが始まっていたのではと、体の奥から言い知れない恐怖が込み上げてくる。シロの様子がおかしかったのは、やはり気のせいではなかったのだと。

「……蜘蛛窟に行ったのか」

「昨日、一度迷子になって……、そのとき、林の中で偶然……」

「まさか、……触れてないだろうな」

「私は触れてません……。だけど、シロは……」

「……行くぞ」

言い終えないうちに、天は芽衣の腕を引き勝手口を開けた。

「天さん……？」

「覚悟しておけ。すでに手遅れかもしれない」

「え……？」

ドクンと心臓が大きく揺れる。

手遅れの意味を問いたいのに、言葉がうまく出てこなかった。

天はすぐに狐に姿を変え、背に乗るようにと視線で促す。

芽衣は混乱と不安を無理やり飲み込み、ひとまず天の背中に掴まった。

蜘蛛窟とはなんなのか、なにが起ころうとしているのか、なに一つわからないけれど、今の芽衣には「手遅れかもしれない」という天の言葉のことしか考えられなかった。

間もなく、天は草の縁の前で足を止める。

そして、天の背から降りるやいなや、芽衣は目の前に広がる光景に息を呑んだ。

草の縁の真っ白で美しい佇まいは見る影もなく、屋根も、庭も、温泉までも、いたるところが蠢《うごめ》く蜘蛛で埋め尽くされ、紫色の塊と化していた。

「——蜘蛛窟とは、かつて葛城山《かつらぎさん》で暴れていた毒蜘蛛の妖が埋葬された場所だ。倒され封印されたが、今もまだ深い念が残っている」

「とても……、怖ろしい場所だったんですね……」

天の説明を聞き、芽衣は蜘蛛窟で覚えた不気味な空気を思い出す。

蜘蛛窟のことはなにも知らなかったのに、近寄るべきでないと、本能が拒絶していた。

「おそらく、ずっと復活の機会を狙っていたんだろう。……結果、無警戒に蜘蛛窟に触れた白狐が狙われた」

「だけど……、林の中とはいえ、ヒトが足を踏み入れてもおかしくない場所にありましたし……、誰が触れてもおかしくないんじゃ……」

「ヒトの体は弱く、とても毒蜘蛛の妖を作る器にはならない。……だから、ヒトは狙われない。一方で、白狐は恰好《かっこう》の器だ」

「器……って……。もしかして、シロは、今……」

芽衣は、あまりの恐怖に続きを口にすることができなかった。

ただ、もっとも避けたかった予想は、確信に変わりはじめていた。

「……覚悟しろって言ったのは、覚えてるか？」

「……」

天の言葉が、芽衣の心に重く響く。

やおよろずを出るとき、天は確かにそう言った。手遅れかもしれない、とも。

その言葉に抗いたいと思っているのに、目の前に広がるおぞましい光景が、芽衣を絶望で支配していく。――しかし。

「万が一助けられなくても、文句言うなよ」

天がふいに口にした言葉には、ほんのかすかな希望が滲んでいた。

「天、さん……。それって、助けに行くってこと、ですよね……？」

「……この勢いなら、いずれはやおよろずにも危険が及ぶ。……どうせ、放ってはおけない」

言い訳のような前置きが付いていても、天がシロの身を案じていることは、十分に伝わってきた。

芽衣は頷き、天を見上げる。

「ありがとうございます……！　私も行きます……！」

「待ってろと言いたいが、ここにいても危険だから連れて行く。俺から離れるなよ。……あと、あまり希望は持つな。正直、あいつが無事でいる確信はない」

「……わかり、ました」

芽衣の返事を聞くと、天は毒蜘蛛だらけになった草の縁を眺め、重い溜め息をついた。

「ひとまず、先に白狐を探す。まずは建物の中に突っ込むから掴まってろ」

天はそう言い、狐の姿に変わった。

芽衣が背中に掴まると、天は、潜入する箇所を見定めるように、視線を泳がせる。

とはいえ、草の縁は一面毒蜘蛛だらけで、もはや壁と屋根の境すらも判別できない。

ただ、天よりも頻繁に訪れている芽衣は、その構造をある程度把握していた。

「天さん、左側に縁側があるはずです！　奥が休憩所になっていて、昼夜関係なく開けっ放しだったから、そこから入れるかも……！」

芽衣は、縁側があるはずの一角を指差した。

すると、天は頷き、そこを目がけて迷いなく突進する。

大量の蜘蛛で作られた壁が勢いよく迫り、芽衣は思わず目を閉じた。けれど、大きな衝撃はなく、伝わってきたのはふわりと着地する感触。

恐る恐る目を開けて辺りを見渡せば、そこかしこに毒蜘蛛が塊のように群れていて、芽衣はクラリと眩暈を覚えた。

しかし、足元の毒蜘蛛たちは、天から逃げるように四方八方へと散り、不気味な鳴き声を上げながら天を遠巻きに警戒している。

足元に露出した畳を見て、芽衣は、やはりここは休憩所なのだと確信を持った。

「天さん、ここが休憩所なら、正面の障子の奥から右に向かって廊下が伸びているはずです！　廊下には使われてない部屋がいくつも並んでいて、そのどこかにシロがいるかも……！」

芽衣が休憩所より奥へ立ち入ったのは、草の縁が完成した当時の一度きりだ。

それなのに記憶していた理由は、草の縁の構造が、やおよろずとよく似ていたからだ。

当初、草の縁は、やおよろずと同じ旅宿となる予定だった。多くの客室が用意されたのも、そのためだ。

結果的に立ち寄り温泉となったため、客室は必要なくなってしまったけれど、シロはとくに造りを変えることなく、今もそのままにしている。

天は芽衣の話を聞くやいなや、前脚で障子を蹴破り廊下に出た。

覚悟していたとはいえ、廊下も毒蜘蛛で埋め尽くされ、真っ白だった壁も廊下も紫一色に染まっていた。

普段なら見るに堪えない光景だが、今はそんなことを言っている場合ではない。芽衣は必死に自分を奮い立たせた。

一方、天は毒蜘蛛を蹴散らしながら、障子を蹴破り、次々と部屋に突入していく。

けれど、シロの姿はどこにも見当たらない。

やがて、廊下の突き当たりまでやってくると、天は一度足を止め、ヒトの姿に戻った。

「この奥は、厨房か」

「確か、そうです。……ここも使われていないはずですけど……」

「だが、……妙に厳重だな」

「え……？」

天に言われて視線を向ければ、確かに、厨房の入り口に集まる毒蜘蛛の数は、他とは比べ物にならなかった。

天が近寄っても、これまでのように逃げていく気配はない。

「……おそらく、ここだ」

「ここに、シロが……？」

「白狐か、または元は白狐だったものか」

「天さん……、それって……」

「……芽衣、気を確かに持てよ。……耐えがたいものを見る可能性もある」

天の言葉の意味を理解するには、時間が必要だった。

どうやら、天には厨房で今なにが起こっているか、予想ができているらしい。

決して希望を持てない言い回しに、芽衣は動揺を抑えられなかった。

天はそれ以上語らず、ふたたび狐に姿を変えて芽衣を乗せ、厨房の中へとまっすぐに突っ込んだ。

視界を埋め尽くす毒蜘蛛を掻き分けて着地すると、天は大きく唸《うな》り声を上げて毒蜘蛛を牽制《けんせい》する。

天井から次々と落ちてくる毒蜘蛛を尻尾《しっぽ》で追い払い、無理やり居場所を確保しながら、ようやく視界が開けたのは、数十秒後。

芽衣は恐る恐る目を開け、――その瞬間、呼吸を忘れた。

「シロ……」

なにが起こっているのか、わからなかった。

目の前には、何重にも巻き付く糸で壁に縫《ぬ》い留められた、シロの姿。

顔面蒼白で意識はなく、体中にびっしりと毒蜘蛛がまとわり付いている。

「なん、で……」

芽衣の頭は真っ白になった。

慌てて駆け寄ろうとした芽衣の手首を、天が咄嗟に掴む。

「近寄るな。……いくら加護があっても、囲まれたら終わりだ」

「でも……！　このままじゃシロが……！」

「……」

天は、答えてくれなかった。

一秒ごとに希望を否定されているような気がして、心が引き裂かれるような痛みを覚える。

「天さん……、もしかして、シロはもう……」

その問いの続きを、芽衣は口にすることができなかった。

ぐったりと脱力したシロの姿からは、もはや生気が感じられなかったからだ。

全身が冷たく冷え、指先が震える。

すると、天が静かに口を開いた。

「……葛城山の毒蜘蛛の妖も、こうやって生まれた」

「それって、つまり」

問いかけながら、激しい耳鳴りが響く。まるで、答えを聞くことを心が拒絶しているかのように。

現に、天が口にした言葉は、あまりにも残酷だった。

「白狐は、……やがて、妖となって目覚める」

「そん……」

ふいに、「元は白狐だったもの」と表現した天の言葉が頭を巡った。

目の前にいるのは、もう既にシロではないのかもしれない、と。過った仮説を、芽衣はとても受け入れられなかった。

堪えられずに俯くと、視線の先には、芽衣たちにじりじりとにじり寄る毒蜘蛛たちの姿。

不気味な鳴き声を上げながら、邪魔をする芽衣たちを威嚇している。

芽衣たちに危険が及ぶのも、時間の問題だった。

そのとき、天が芽衣の手を力強く握る。

「芽衣。……冷静になって聞けよ」

「……はい」

内容を聞いてもいないのに、天の辛そうな声を聞いただけで目の奥が熱くなった。

「葛城山で暴れた毒蜘蛛の妖は、途方もない数の犠牲を出した。復活すれば、被害はここら一帯では済まない。お前も俺も、……伊勢神宮すら危うい」

「……」

「……だから、なにがあっても、毒蜘蛛の妖を復活させられない。だが、止める方法は、一つだ」

「それは……」

「白狐が毒蜘蛛の妖として目覚める前に、――この建物ごと焼き尽くすしかない」

目の前が真っ白になった。

天の言葉が意味するのは、シロの命を諦めるということ。

そんなのはとても無理だと、芽衣の頭にたちまち血が上る。しかし、まっすぐに向けられた天の真剣な目を見ていると、とても言えなかった。

本来ならば、今すぐにでも火を放ち、毒蜘蛛を封じ込めるべき切羽詰まった状況の中で、おそらく天は、芽衣に覚悟する時間を与えてくれている。

ぐずぐずしていれば、天の命も危険だというのに。

その姿は、芽衣をわずかに冷静にした。

「シロを失いたくない、です」

「……芽衣」

「でも、──シロが妖になって、意志に反してたくさんの命を奪うなんて……、辛すぎます」

あまりにも、重い選択だった。

天は芽衣をじっと見つめ、握る手に力を込める。

「……シロだって、きっとそんなことしたくないと思う。だから、もし……、もし、救う方法が、本当にないなら──」

芽衣は勝手に零れる涙を乱暴に拭い、ふたたび天を見つめた。──そのとき。

「──い」

かすかに聞こえた、聞きたくてたまらなかった声。

ドクンと、芽衣の心臓が大きく揺れた。

それは、間違いなくシロの声だった。芽衣と天が同時に視線を向けると、シロの唇がほんのかすかに動く。

「やく……、……げ、て」

「シロ……！」

シロが消え入りそうな声で口にしたのは、「逃げて」というひと言。

シロはまだ、妖になっていないと。

もしかしたら、手遅れじゃないかもしれないと。

そう察した瞬間、芽衣は衝動に任せてシロに駆け寄ろうとした——けれど。

天は、芽衣の腕を離さなかった。

「天さん……！」

「芽衣、いいから待て！」

「だって……！　シロがまだ……！」

「わかってる！　お前は動くな！」

「天さ……」

見たことがない程鬼気迫った表情に、芽衣は言葉を失う。

すると、天は狐に姿を変えてシロに飛びかかり、蜘蛛を蹴散らしながらシロを拘束する糸に牙を立てた。

「天さん……！」

シロを助けようとしているのだと、そう理解した瞬間、芽衣の目に涙が溢れる。

けれど、――毒蜘蛛の糸は、天がどんなに必死に噛みついてもビクともしない。

おまけに、おびただしい数の蜘蛛はいくら蹴散らしたところですぐに集まり、天の体にまとわりつく。

それでも、天に諦める様子はなかった。

「……なん、で……、はや……く」

ふたたび響く、シロの声。

それは弱々しくか細い声だけれど、芽衣にとっては確かな希望だった。

「め……、い」

「シロ……！」

名を呼ばれると、心がぎゅっと締め付けられる。

「に、げ……」

「嫌……！　絶対に逃げない！」

「おね、が……」

「……そんなこと言わないで……！」

叫んだと同時に、――体が、勝手に動いていた。

芽衣はシロの元へ駆け寄ると、次々と集まってくる毒蜘蛛を袖で払い、シロに覆《おお》いかぶさる。

決して、自暴自棄になったわけではなかった。

シロはまだ、妖になっていない。ならば、毒蜘蛛たちによる体液の注入を阻止すればこれ以上の進行を止められるはずだと、芽衣はそう思っていた。

天が芽衣を鼻先で押してシロから引きはがそうとするけれど、それでも、芽衣は断固離れず、首を横に振る。

「天さん、大丈夫です……！　だって、今の私はヒトじゃないから……！」

天の瞳が大きく揺れた。

「だから、噛まれたってきっと死にません……！　私にも守らせてください……！」

芽衣は今、ヒトでなくなりかけている。散々悩まされているその事実が、今ばかりは力となった。

現に、もはや芽衣の体は毒蜘蛛に埋もれかけているというのに、毒にやられる気配はない。

天は瞳に戸惑いを滲ませていたけれど、やがて芽衣の言葉を聞き入れたのか、ふたたび糸に牙を立てはじめた。

しかし、どれだけ粘ったところで、糸が緩む気配はない。

一本一本は弱く、見えない程に細いけれど、幾重にも重なることで鋼のように固くなり、シロの体を頑丈に拘束している。

ついには天の体もみるみる蜘蛛で覆われ、美しい金色の毛並みが埋め尽くされていった。

もはや、払いきれないのだろう。それは、天の体力の限界を意味していた。

その光景を見ているうちに、芽衣は、ようやく得られたはずの希望が脆《もろ》くも崩れ去る感覚を覚える。

どうすればいいのか、芽衣には、もうわからなかった。

体の奥の方で、心が軋《きし》む音が響く。

折れてしまえばもう終わりだと、わかっているけれど、今の状況にはあまりにも救いがなかった。

「天さん……、シロ……」

このままでは、なにもかもを失ってしまう。

なんとかしなければと思っているのに、もはや頭は働かない。

視界は毒蜘蛛で埋め尽くされ、次第に呼吸も苦しくなった。

――誰か……。

芽衣は途切れそうな意識を無理やり保ちながら、心の奥で、助けを求めた。

誰に宛てたものでもなく、もはや希望も込められていない、最後の叫びだった。

――けれど。

背後から、じりじりと焼けるような熱を感じたのは、その直後のこと。

芽衣は、閉じかけた目をゆっくりと開ける。

――あったかい……。

とても、不思議な感覚に包まれていた。

視界はすっかり毒蜘蛛で覆われ、周囲でなにが起きているのかわからない。けれど、伝わってくる熱は、まるで芽衣の折れかけた心を支えてくれているような、優しい力で溢れていた。

芽衣は、残る力を振り絞って、ゆっくりと体を起こす。

そして、袖でシロの体の毒蜘蛛を払いのけ、ゆっくりと振り返った。――そのとき。

「……どう、して……」

目の前の光景に、たちまち涙が溢れる。

そこにいたのは、前に大崎八幡宮で助けた、戌神だった。

戌神は体に纏う炎をゆらりと揺らしながら、ゆっくりと芽衣の傍へやってくると、芽衣の頬に鼻先を擦り寄せる。

「助けに、きてくれたんですか……？」

芽衣は、震える手でその鼻先をそっと撫でた。

戌神はなにも言わないけれど、まるで芽衣を労《ねぎら》うかのように、優しく目を細める。

――そして、突如、大きく遠吠えした。

その声は驚く程に大きく、空気がビリビリと震える。

壁や天井にいた毒蜘蛛たちも、振動に耐えられずにボロボロと落下をはじめた。

床にはみるみる毒蜘蛛の山ができ、紫色で埋め尽くされていたはずの白い壁や天井が徐々に姿を現す。

そして、戌神の長い遠吠えがようやく途切れた瞬間、今度は、全身を包む炎が、突如大きく膨れ上がった。

床に積もった毒蜘蛛が、あっという間に灰と化していく。

怖ろしい程の猛火だというのに、不思議と、傍にいるはずの芽衣はほとんど熱を感じなかった。

毒蜘蛛だけが一瞬で焼け、頑丈だった糸も液体となって溶け落ちていく。

やがて、シロも糸の拘束から解放され、床に崩れ落ちた。

それは、ほんの一瞬の出来事だった。

助かったのだと、ほっとする気持ちの一方で、芽衣は、戌神の圧倒的な力にただただ茫然としていた。

やがて、大量にいたはずの毒蜘蛛はすっかり消え失せ、代わりに真っ黒の灰が辺りを埋め尽くす。

戌神はそれを見届け、ようやく炎の勢いを弱めた。

「戌神、様……」

名を呼ぶと、戌神は芽衣に擦り寄り、ふわりと尻尾を振る。

「来てくれて……、本当に、ありがとうございました……」

気が緩んだせいで、語尾には涙が混じっていた。戌神は芽衣の頬を大きな舌でぺろりと撫でると、すぐに背を向ける。

もう行ってしまうのだと察し、芽衣は慌ててその背中に触れた。

「お一人で帰れますか……？」

芽衣の心を占めていたのは、戌神がきちんと大崎八幡宮に帰ることができるかどうかという不安。

思い出すのは、武神に追われて山を彷徨《さまよ》っていた、傷だらけの姿。

応神《おうじん》天皇と離れてしまえば、また戻れなくなってしまうのではないかと芽衣は考えていた。

しかし、戌神は、心配ないとばかりにゆっくりと目を細め、もう一度大きく尻尾を振る。

そして、今度こそ、草の縁を後にした。

芽衣は、まるで夢のような出来事に、しばらく放心していた。――すると。

「――恩返し。……だそうだ」

ふいに背後から声をかけられ、芽衣はたちまち我に返る。

振り返ると、天は壁に背を預けたままぐったりとしていて、芽衣は慌てて駆け寄った。

顔色は悪いけれど意識はしっかりとしていて、芽衣はほっと息をつく。

「……お前、凄いな。神々への貸しが多すぎる」

「貸しだなんて……。そんなことより、天さん、お怪我は……！」

「……気にする程じゃない。それより、そっちで転がってる白狐は生きてるのか……？」

「シロ……！」

天の視線の先には、ぐったりと項垂れるシロの姿。

一瞬血の気が引いたものの、頬に触れると、指先にじわりと体温が伝わってきた。

「生き……、てる……」

「……悪運が強いな」

悪態をつきながらも、天の表情はとても穏やかだった。

自分もボロボロだというのに、シロの身を案じる姿に心がぎゅっと震えた。

「天さんが諦めないでいてくれたからです……。もう駄目かもしれないって思ってたのに……」

「言っておくが、俺はこいつの安否には別に興味がない。妖になって暴れられたら、取り返しがつかないから仕方なくだ」

「また、そんなこと……」

「それに、――こいつのことでお前に泣かれでもしたら、腹立たしいからな」

「え……？」

「泣くだろ、どうせ」

口調はぶっきらぼうだけれど、その言葉には、芽衣への気遣いで溢れていた。

芽衣はたまらない気持ちで、天の首に両腕を回す。

天の胸に額を預けると、鼓動が伝わってきた。生きている証拠だ、と。当たり前のことがやけに特別に思える。

ふいにそっと頭を撫でられ、目の奥がじわりと熱を持った。

「……天さんに万が一のことがあったら私……、泣くどころか、後を追いますからね」

「馬鹿」

「だったら、……生きててください。絶対」

「明らかにこっちの台詞《せりふ》だろ……。……俺の身にもなってくれ」

苦情を言われているのに、頭を撫でる仕草は優しい。

芽衣は涙を拭うと、体を起こした。

「……帰りましょう。……シロも看病が必要ですね……」

「妖の器にするべく捕獲されたそいつは、傷をつけられてはいないはずだ。……体に注入された蜘蛛の体液が抜ければ回復するだろ……」

「蜘蛛の体液を注入……」

改めて想像すると、気味悪さで背筋が冷えた。

ひとまず重症ではなさそうでほっとしたものの、このまま放って帰るわけにはいかず、芽衣は天を見つめる。

「あの……、天さん……」

「……」

天は芽衣の視線から思考を読んだのか、大袈裟に溜め息をついた。

そして、いかにも不満げに眉をしかめながら、辛そうに体を起こす。

「……今回だけだからな」

「え……？」

「連れて帰りたいんだろう、やおよろずに」

「天さん……！」

絶対に嫌がるだろうと思っていたけれど、天は渋々ながらもそう言い、ふわりと狐の姿に変わると、シロの着物の襟首を咥えた。

そして、三人は、ようやく草の縁を後にした。

帰り際、芽衣がふと振り返ると、灰だらけになってしまった草の縁の庭から、かすかに立ちのぼる湯気が見える。

それは、毒蜘蛛に埋め尽くされて見る影もなかった温泉が、ふたたび息を吹き返した証だ。

ほっとする気持ちの半面、日常とはいつ失われても不思議ではないのだと、芽衣は改めて痛感した。

当たり前の日々を過ごすためには、大切なものを守り続けなければならない。

毒蜘蛛にまとわりつかれながらも、必死にシロを救おうとしてくれた天の背中を思い出しながら、芽衣はそう心に刻んだ。

＊

翌朝。

驚く程の早さで回復したシロは、様子を見に来た芽衣に早速不満を零した。

「え、嘘でしょ……。芽衣が看病してくれるんじゃないの……？」

「ごめんね。因幡が看病するってのが、条件なんだって」

「……おい、文句を言うな！　こっちだって好きでやってるわけではない。断るなら食費を払えと言われて仕方なくだ！」

天から言いつけられてシロの看病をしているのは、因幡。

かなり渋々ではあるものの、思ったよりも真面目に食事や薬を運んでいる。

「それにしても、元気そうでよかった。天さんが言ってた通り、体に大きな傷はないみたいだし」

「いやいや。蜘蛛の体液注入されたんだよ？　気持ち悪すぎでしょ……。今必要なのは、芽衣の癒しだよ」

「体液なら、一晩ですっかり吐き出しただろう！　介護した俺にもっと感謝するべきだ！」

「確かに、そのブヨブヨでフカフカのお腹にはちょっと癒されたかも」

「貴様……」

天から聞いていた通り、毒蜘蛛の妖が復活するための器に選ばれたシロは、体に大きな傷はなく、毒も受けていなかったらしい。

その事実にはほっとしたものの、あと少し遅ければ取り返しのつかないことになっていたと思うと、手放しでは喜べなかった。

「芽衣、もうこいつは放っておいても問題ない！　あとは、気色の悪い牙の痕が全身に残っているくらいだ」

「言い方……」

確かに、シロの体には、紫色に変色した噛み痕がいくつも残っている。シロの肌の白さもあって、それはずいぶん目立っていたし、余計に痛々しく感じられた。

「因幡、その噛み痕には、さきがいひめ様とうむぎひめ様のお薬が効くんじゃないかなって思うんだけど……」

以前、さきがいひめとうむぎひめから賜った薬は、万能薬といっても過言ではない。

芽衣がそう言うと、因幡は不満げに目を細めた。

「まあ、確かに効くかもしれぬが……、男の体に薬を塗れと？」

「軟膏は自分で塗れるよ……。ね、シロ」

「僕は、芽衣がいい」

「……もはや相手をしていられぬ。取ってくるから待っていろ」

「ありがとう……！」

因幡が部屋を出ると、芽衣はシロの傍に座り、小さく溜め息をついた。

シロがこうして回復してもなお、昨日の恐怖はまだ拭い去れていない。

「ごめんね、芽衣。心配かけて」

「……本当だよ。戌神様がいらっしゃらなかったら、どうなっていたか……」

「芽衣を危険な目に遭わせたことは反省してるよ。もう怪しいものには近寄らないようにする」

「うん。……お願い」

「ねぇ、——芽衣」

ふと、声色が変わった気がした。

顔を上げると、真剣な表情のシロと目が合う。

「どうして、僕を助けたの」

「え……？」

一瞬、質問の意味がわからなかった。

芽衣を見つめるシロの目が、辛そうに揺れる。——そして。

「意識を失ってる間に、夢を見たんだ。……芽衣と出会った日の夢だよ。迷子になって、怪我をして、ひとりぼっちで山を彷徨って……、いつ死んでもおかしくなかった僕のこと、芽衣は気にかけてくれたでしょ？　覚えてる……？」

思い出すのは、懐かしい記憶。

シロとの出会いは、突然だった。

雪の中に突然現れた真っ白な狐の姿は、まるで絵画のように美しく、印象的で忘れられない。

怪我を負っていると知り、芽衣は様々な手を尽くして接近を試みたものの、当時のシロは警戒心が強く、手当てすることは叶わなかった。

そんなシロが突然ヒトの姿となって現れたのは、茶枳尼天が天を連れ戻しに来たときのこと。

あのとき、シロは不安でどうしようもなかった芽衣を優しく癒してくれた。

「忘れるわけがないよ。あのとき、シロにすごく助けられたもの」

芽衣がそう言うと、シロは少し困ったように笑う。

「なに言ってんの。逆だよ……。芽衣は、僕の命の恩人。こうして迷惑ばっかりかけてるし、怖い思いもさせたし、全然伝わってないかもしれないけど……、僕は、命を救ってくれた芽衣を守りたいと思って芽衣のところに来たんだ」

「そんな大袈裟な……」

「大袈裟じゃない。……僕は、絶対に芽衣を死なせたくない。……だから、僕のことなんかで無茶をしないでほしい」

いつも穏やかな目に、強い意志が宿っていた。

芽衣は手のひらをぎゅっと握り込む。

「シロ……」

「昨日もし、僕のせいで芽衣を失っていたら……、僕は永久に自分を許せない。だから、万が一また同じようなことが起こったときは、逃げてほしいんだ。自分の命を、ちゃんと守ってほしい」

その言葉は、とても重く響いた。

毒蜘蛛に襲われ、意識を失いかけているにもかかわらず、「逃げて」と訴えかけてきたシロの言葉が記憶を掠める。

その切実な思いに、芽衣の心が震えた。——けれど。

「ありがとう、シロ。……だけど、ごめんね。私、きっと逃げられない」

芽衣は、その願いを受け入れる気持ちにはなれなかった。

シロは驚き、目を見開く。

「どうして……?」

「わかんない」

「わか……」

絶句するシロは、とても珍しい。

芽衣はつい笑い声を零す。

「わかんないんだもん」

「どういうこと……」

ついにはシロも脱力し、張り詰めていた空気がふっと緩んだ。

「シロ、いろいろあって、今の私の体はちょっと特殊だから、少しくらい無理しても平気なの。……現に、毒も平気みたいだし」

「いろいろって……、なにそれ。ヒトが噛まれたら即死だって因幡が言ってたよ……？　僕でも危険なのに、芽衣が大丈夫なわけなくない……？」

「えっと……。天照大御神様のご加護とか……」

「誰それ。他には？」

「他は、まぁ……いろいろと」

妖になりかけているとは言い辛く、芽衣は笑って誤魔化しながら立ち上がる。

「長居すると怒られちゃうから、そろそろ行くね」

「芽衣……！　ちょっと待ってよ。体が特殊だとかなんだか知らないけど、無茶しないって約束してくれないと安心できないいんだけど……！」

「そんなこと言われても。……ただ、助かる可能性がちょっとでもあるって知っちゃったら、見捨てられないよ……。天さんだって、シロと会えばいつも険悪なのに、迷いなく助けに行ったもの」

「……それは別に、頼んでないけど」

シロの苦虫を噛み潰したような表情を見て、芽衣は思わず笑う。そして。

「私は、嬉しかったよ」

そう言い残し、シロの部屋を後にした。


芽衣が次に向かったのは、天の部屋。

昨日、天はやおよろずに着いた途端、地面にぐったりと倒れ込んだ。

肉体的にも精神的にも限界だったことはいうまでもなく、因幡や燦と部屋に運び、それ以来ずっと眠り続けている。

そっと部屋に足を踏み入れると、天の静かな寝息が聞こえた。

芽衣は傍に座り、天の手をそっと握る。

天の寝顔を見ていると、普段どれだけ心配をかけているかを実感し、胸が苦しくなった。

これまでどれだけ危険な目に遭って何度救われたか、もはや数えきれない。

芽衣の勢いまかせの行動が、天の疲労の一因であることも、自覚している。

「天さん、いつもすみません……」

返事がないとわかっていても、言わずにはいられなかった。

芽衣は手ぬぐいを取り出し、首元に滲む汗を拭う。——そのとき。

「これ……って」

ふと目に留まったのは、胸元から覗く濃い紫の痣《あざ》。

それは毒蜘蛛の噛み痕に間違いなく、芽衣の頭は真っ白になった。

「天、さん……？」

天は毒蜘蛛に噛まれていたのだ、と。そう察した瞬間、芽衣の背筋がスッと冷える。

芽衣は他に痣はないかと、慌てて天の襟元を開いた。

すると、同じ痣が肩にもうひとつ見つかり、芽衣は息を呑む。

「二箇所も……」

痣の色は濃く、血管が浮き上がっていて、強い毒に冒されていることは明らかだった。

芽衣の指先が、小さく震えはじめる。――そのとき。

「……おい。……寝込みを襲う気か」

天の目が細く開き、芽衣の手を捕えた。

「天さん……！」

「……なにを慌ててる」

「噛まれてるじゃないですか……！」

「……あれだけの数の毒蜘蛛に囲まれたんだ、当たり前だろう」

「当たり前って……！」

平然とシロを連れ帰った天を見て、芽衣は、天が毒を受けていたなんて考えてもいなかった。

けれど、皮膚に広がる痣はあまりに痛々しく、途端に胸が苦しくなる。

「そんな顔をするな。……俺はそんなに軟弱じゃない。多少の毒なら、少し寝てればそのうち抜ける」

「多少じゃないですよ……！　だって猛毒だって……！」

「芽衣」

天の手が芽衣の頬に伸び、芽衣は口を噤む。

伝わってくる体温が温かくて、ほんの少し冷静になった。

痣を見た瞬間はパニックになったけれど、意識はしっかりしているし、呼吸も安定している。

「大丈夫……、なんですね……？」

「さっきからそう言ってる」

「なんで教えてくれなかったんですか……」

「言えばお前が慌てるだろう」

「当たり前じゃないですか……！」

「言わないでおくつもりだったが……、まさか脱がされるとは思わず」

「い、言い方おかしいですから……！」

慌てて否定すると、天は小さく笑い声を零す。

そして、ふたたびゆっくりと目を閉じた。

「……バレたなら仕方ない。しばらく休むから、やおよろずは頼む」

「わかり、ました……」

「言っても無駄なのは知ってるが、無茶するなよ」

「……天さんに迷惑がかからない程度に抑えます」

「馬鹿」

天はその言葉を最後に、ゆっくり意識を手放した。

握られた手から力が抜け、部屋に静かな寝息が響く。

その姿は信じられない程に無防備で、芽衣の心がぎゅっと震えた。

「天さん……、私が一刻も早く回復させてみせます……」

こっそり呟いた決意は、天の耳には届かない。

芽衣は天に布団をかけ、部屋を後にした。

戌神《イヌガミ》

大崎八幡宮に祭られる、卦体神の一柱。武神たちの過激な追跡から逃れるため長年山を彷徨っていた。芽衣たちによって応神天皇の元に帰った。

第三章　思わぬ中休み　薬を巡る冒険

「なにを慌てている……。本人がすぐ治ると言っているのだから、待てばいいだろうに。ここしばらくは、あれやこれやとずっとバタバタしていたのだから、休息だと思って大人しくしていろ」

毒蜘蛛の事件から、三日。

シロはすっかり回復して草の縁に帰って行ったけれど、天は相変わらず寝込んだまま、回復する様子が見られなかった。

一日に一、二度は目を覚ますものの、水分を補給するとすぐに眠りに落ちてしまう。

因幡によれば、それは体の中の毒を中和することにすべての体力を集中させているせいで、ごく自然なことらしい。

そう聞いてはいても、芽衣はただただ心配で、日が経つごとに不安が蓄積し、——

結果、因幡に泣きつき、今に至る。

「だって……。よくなってるように見えないんだもの……」

「悪くもなっていないんだろう。体の毒を抜くには時間と気力が必要なのだ。しばらく我慢しろ」

因幡はうんざりした様子で、耳をくたっと垂らした。

「しばらくって……？」

「知らぬ。遅くとも数年だろう」

「数年……！　そんなに重症なの……」

「待て、俺は短いという意味で言ったのだ。……そういえば、お前はヒトだったな。ときどき忘れそうになる」

「どうしよう……、大変……」

「おい、人の話を聞け」

神の世で生きる面々は、時間の感覚がヒトと大きく違う。果てしない時間を過ごしてきたからか、時間に対する執着があまりに薄い。

芽衣もいい加減慣れつつあるが、だからといって同じ感覚が身に着くわけはなく、平気で年単位の話をされると戸惑ってしまう。

「ねえ……、なにかいい方法ないかな……？　すごく効く薬とか、食べ物とか、なんでもいいから……」

「ふむ、毒を抜く方法か……」

芽衣の切羽詰まった様子に圧《お》されてか、因幡は腕を組んで考え込んだ。

因幡は、これまでずる賢く生きてきたことが功を奏し、かなり幅広い知識を持っている。

事実、因幡の知識に助けられたことが、これまでに何度もあった。

じっと待っていられず、芽衣は、考え込む因幡を抱きかかえる。

ふわふわの体に顔を埋めると、柔らかい毛が芽衣の頬を撫でた。普段なら、疲れが飛ぶ程の極上の癒しだが、今の芽衣にとってはこれでは少し足りない。

小さく息をつくと、因幡が芽衣を睨んだ。

「おい、俺の頭で溜め息をつくな！　考えに集中できぬ！」

「ご、ごめん……」

「なんだ、その弱々しい態度は……！　お前は阿呆なのだから、取り柄は元気と獣にも勝る体力だけだろうに」

「うん……。そう思う……」

「あっさり受け入れる奴があるか……。天が寝込むと、お前は本当にポンコツだな……」

口調は荒いが、その言葉には芽衣への気遣いが窺えた。

芽衣はそれを申し訳なく思いながらも、どうすることもできないでいた。

「自分でも情けないと思う……。だけど、待つだけって、辛くて。なにか少しでも自分にできることがあるなら、気持ちを保っていられるんだけど……」

せめて忙しくしていられたなら、多少は気が紛れるだろう。

しかし、天が寝込んでしまってからというもの、やおよろずは宿泊予約の受付を止めている。

結果、今のやおよろずには、ほとんどお世話を必要としない長期滞在の客のみしかおらず、芽衣にはほとんど仕事がない。

「ふむ……。まあ、わからんでもないが……」

これ以上困らせるのは不憫《ふびん》に思え、芽衣は因幡をそっと床に下ろした。

そして、気持ちを切り替えようと、着物の袖を捲る。

「よし……。畑の世話でもして、気晴らししようかな」

しかし、くるりと向きを替えた、――そのとき。

「芽衣、ちょっと待て」

「ん？」

呼び止められて振り返ると、因幡はまるで新しい遊びでも思い付いたかのように、目を輝かせていた。

芽衣が首をかしげると、もったいつけるかのように、ゆっくりと腕を組む。

「なにかをしていれば気が保てると言ったな」

「言ったけど……」

「ならば、信ぴょう性がよくわからぬ方法でも、試してみたいか？」

「もしかして……、なにか案があるの……？」

それは、芽衣の沈んだ心にかすかな光が差した瞬間だった。

因幡の言い回しは怪しいが、今はそんなことを言っていられない。

「あるといえば、ある。何度も言うが、俺は薬祖神《やくそしん》である大国主の元にいたのだからな！　様々な情報を耳にしてきたのだ！」

「薬祖神……？」

「知らぬのか！　……お前を前にすると、ことごとく威張り損だな……。薬祖神とは薬に精通した神を意味する。大国主は、同じく薬に精通した少彦名《すくなびこな》とともに薬祖神の二柱とされ、ヒトの世に薬の知恵を広めたのだ」

「そうなの⁉　少彦名様って、以前いらした、温泉の神様でしょう……？」

少彦名のことを、芽衣はよく覚えている。

突如、庭の水路にガガイモの船に乗って現れた、一寸法師の元となった神様だ。

温泉の神としても名高く、草の縁で湯脈を探り当ててくれた日のことは、まだ記憶に新しい。

「大国主も少彦名も、数々の異名を持つのだ」

「知らなかった……！　薬にも詳しいなんて、すごい……！」

因幡は芽衣の反応を見て、満足げな笑みを浮かべる。

「まあ、大国主と少彦名に直接聞けば話は早いのだが……、大国主はそう簡単に会える程暇ではないからな。少彦名に関しては、ガガイモの舟でどこを旅しているか、見当もつかぬ。……しかし、だ。この俺は、あの二人の持つ知識を同時に持っている」

「因幡……！」

これ程因幡を心強く感じたことはあるだろうかと、芽衣は目を輝かせた。

傍にいただけで知識が身に着くかどうかは疑問だが、今の芽衣には、細かいことをいちいち気にする余裕はない。

「それで……？　毒を抜く方法って……？」

芽衣は身を乗り出し、やたらともったいぶる因幡を催促した。

すると、因幡はニヤリと笑みを浮かべる。――そして。

「芽衣よ、蟾酥《せんそ》というものを知っているか……？」

因幡が口にしたのは、一度も聞いたことのない言葉だった。

「センソ……？」

「うむ。……蝦蟇の油ともいう」

蝦蟇と聞いた瞬間、条件反射で込み上げる嫌悪感。それは無理もなく、芽衣はつい最近、蝦蟇に体を奪われかけたばかりだった。

「また……ガマ……」

あのときは死すら覚悟したし、怖ろしかったのももちろんだが、体が徐々に蝦蟇に変わっていく不気味さと不快感は、ひと言では言い表し難い。今や、すっかりトラウマになっている。

「また、と言いたい気持ちもわかるが、蝦蟇の油は薬になるのだ」

「そう、なんだ……。こんなことなら、私が蝦蟇になりかけたときに油を搾《しぼ》っておけばよかったね……」

「……さも残念そうに気味の悪いことを言うな」

顔をしかめる因幡を見て、芽衣は思わず笑った。

しかし、因幡は少し悩ましげに溜め息をつく。

「……ただ、効能についてはあまり記憶にないのだ。塗るか飲むかすれば、傷か毒か、あるいはやけどに効くと聞いた気がする」

「す、すごい適当……」

「とにかく、効く可能性がなくはない。どうだ、芽衣。やってみるか？」

「やる！」

芽衣に、迷う余地はなかった。

少しでも可能性があるというのならなんでもいいからやってみたくて、勢いよく頷く。

すると、因幡も得意げに頷き返した。

「よし、わかった。ならば、蝦蟇の油の集め方を伝授してやろう。付いてこい」

「うん……！」

因幡は張り切った様子で外に出ると、庭を横切ってやおよろずの裏へ回った。そして、芽衣の部屋の前でぴたりと立ち止まる。

「因幡……？」

「まずは、道具を揃《そろ》えねばならぬ。ひとまず鏡を持ってこい」

「鏡……？　う、うん、わかった」

意味はよくわからないが、芽衣は部屋に手鏡を取りに行き、因幡に渡した。

因幡は満足そうに目を細めると、今度は厨房へと繋がる勝手口の前まで移動し、棚に積まれた、作物の収穫用の籠《かご》を漁《あさ》りはじめる。

「籠も使うの……？」

「うむ。……この籠は大きさがちょうどよさそうだな。あとは……」

因幡は籠をひとつ物色すると、今度はこっそりと勝手口を開ける。

そして、中にスルリと体を滑り込ませたかと思うと、ものの十秒程でふたたび戻ってきた。

手にしていたのは、鍋《なべ》の蓋《ふた》と、小鉢と、小匙。

芽衣はいよいよ理解ができず、こてんと首をかしげる。

「鍋の蓋……？」

「うむ。これで一応揃った」

「揃ったの？」

ただただ困惑の色を深める芽衣の様子を見ながら、因幡はいかにも楽しそうにニヤニヤと笑った。

そして、ぺたんと地面に座り込むと、籠を持ち上げてみせた。

「では、説明する。まずは、鏡を籠の中に固定するのだ」

「う、うん……」

因幡は庭の雑草を摘むと、鏡の取っ手を籠の網目に器用に結び付ける。そして、しっかりと固定されていることを確認すると、それを芽衣に差し出した。

「次に、蝦蟇を捕まえ、この籠に入れろ。捕まえたら、逃げぬよう蓋をするのだ」

「蝦蟇を……中に……？」

「そうだ。あとは、そのまま放置するだけだ。すると、蝦蟇は鏡に映った自分の姿を敵だと思い込み、激しいストレスを抱える。そのときに蝦蟇が皮膚から分泌するのが蟾酥《せんそ》、つまり蝦蟇の油だ。小匙ですくいながらこの小鉢いっぱいに集めろ」

「……」

「最後に、集まった蝦蟇の油を煮詰めれば薬になる」

序盤からすでに引き気味だった芽衣は、もはや言葉も出なかった。

蝦蟇の油と聞いた時点で、採取方法はある程度想像していたが、実際に聞くとショックを抑えられない。

因幡は固まる芽衣を他所に、小鉢と匙を手渡す。

「では、まずは蝦蟇を捕まえることからだな。蝦蟇たちの冬篭りはまだ少し先のはずだ。おそらく、いくらでも見つかるだろう。この庭でもときどき見かけるが、少し歩けば草の縁の温泉が流れ込む沼がある。水温が高く、いつ行っても蝦蟇だらけだから、行ってみたらどうだ」

「蝦蟇……だらけ……」

「うむ。今のお前にとっては宝の山だ」

「……う、うん……」

田舎《いなか》育ちの芽衣は、正直、虫も爬虫類もそんなに苦手な方ではない。ただ、さすがに蝦蟇を捕まえた経験はなく、想像すると全身がゾワッと総毛立った。

すると、因幡は立ち上がり、くるりと背を向ける。

「では芽衣よ、健闘を祈る」

「……え？　因幡……、付いてきてくれないの……？」

「阿呆。お前が天の回復を待ちきれぬと言うから、俺は知恵を授けてやったに過ぎぬ。旨《うま》くもないものを探す程つまらぬことはない」

「そんな……！」

急に突き放され、芽衣の頭の中は真っ白になった。因幡はそんな芽衣に構うことなく、あっさりと手を振り庭を後にする。

芽衣はしばらくなにも考えられず、茫然と庭に立ち尽くしていた。

しかし、そのとき。ふいに頭を過る、眠り続ける天の表情。

たちまち、寂しさが胸に広がった。

——治る可能性があるなら、なんでもやるって言ったでしょ……。

芽衣は、手のひらをぎゅっと握って自分を奮い立たせる。そして三階を見上げ、ゆっくり深呼吸した。

気持ちが落ち着くにつれ、次第に、方法があるだけでも幸運だと気持ちが上向きはじめる。

薬を作る手順は想像以上におぞましく、聞いた瞬間はかなり怯《ひる》んだものの、なにもできずにただ待っている苦しさに比べれば何倍もマシだと。

芽衣は籠をぎゅっと抱え込んで、ようやく足を踏み出した。

向かうのは、因幡から聞いた沼。

蝦蟇だらけという言葉を想像すると背筋がゾッとするが、芽衣にはもう躊躇いはなかった。

沼を見つけたのは、芽衣がやおよろずを出て十分程歩いた頃。

因幡から聞いていた通り、草の縁から伸びる水路を辿っていると、すぐに茂みに隠れた小さな沼が現れた。──しかし。

「……蝦蟇が、いない……」

広がっていたのは、想像とはかなり違う光景。

草が生い茂り、空気はじっとりしていて、いかにも蝦蟇がいそうな雰囲気はあるものの、見渡す限りその姿は見当たらなかった。

ついさっきまでは蝦蟇だらけの沼を想像して怯えていたというのに、いないとなると、途端に焦りが込み上げてくる。

矛盾《むじゅん》していることはわかっているが、事実、いてもいなくても、芽衣の心境は複雑だった。

芽衣は恐る恐る茂みを掻《か》き分け、蝦蟇の姿を捜す。

しかし、見つかるのは小さな虫ばかりだった。

「蝦蟇なんて、捜してないときはどこでも見かけるのに……。いざ捜すとどうしていないの……？」

芽衣は愚痴《ぐち》を零しながら、沼の周囲をひたすらウロウロし続けた。

けれど、一向に出会える気配はなく、最初こそ躊躇いがちだった手つきはだんだん荒くなっていく。

袖が濡れるのもお構いなしに草の根元を探り､石をひっくり返し、――一時間が経った頃には、芽衣はついに沼に足を踏み入れていた。

芽衣は、着物を捲って膝下まで泥に浸かり、蝦蟇の気配を求めてひたすら歩き回った。

沼には草の縁の温泉が流れ込んでいるが、そうはいっても今時分の泥はかなり冷たい。

足先の感覚が次第に失われていき、おまけに泥は鉛のように重く、芽衣の体力はたちまち削られていった。

やがて、すっかり疲れきった芽衣は、沼から出て地面にぐったりと座り込む。

「蝦蟇がいなきゃ、なんにも始まらないのに……」

切実なぼやきが、静かな森の中に吸い込まれていった。

芽衣は地面に寝転がり、ぼんやりと空を見上げる。

「天さん……」

思わず名を呼ぶと、心が小さく疼いた。

天の助けになりたいと意気込んで来たのに、初っ端から躓《つまず》いてしまっているジレンマから、目の前の風景がじわりと滲む。

芽衣は両腕で顔を覆い、込み上げてくるものを必死に堪えた。――すると、そのとき。

「あ、やっぱ芽衣だ」

突如、背後からよく知る声が響き、芽衣は咄嗟に体を起こした。

振り返ると、そこにいたのはシロ。

「なんだか、近くで芽衣の匂いがすると思ってたんだ」

シロはニコニコしながら芽衣の傍へ来ると、正面に膝をつき、こてんと首をかしげた。

「あれ……？　どしたの。泣いてる？」

「違……、泥が目に入っちゃって」

芽衣は慌てて否定しながら、手の甲で頬を拭う。

すると、シロは少し困ったような表情を浮かべ、芽衣の頬についた泥を袖で拭ってくれた。

「シロ、真っ白い着物が汚れちゃう……！」

「いいよ、別に」

「よくないよ……！」

離れようとするけれど、シロは芽衣の手首を優しく捕える。

そして、まっすぐに目を合わせた。

「ねえ、芽衣。またなにか困ってるんでしょ？」

「そんな、ことは……」

毒で寝込んでしまった天のことをシロに話せば、きっと気に病むだろう。そう考えた芽衣は、頑なに首を横に振った。

けれど、シロはまるで芽衣の心の機微を見透かしているかのように、ひときわ優しい仕草で、芽衣の頭をふわりと撫でた。

「嘘ばっかり。まさか、泥遊びしてたわけじゃないでしょ？　もしかして、沼になにか落とした？」

「そうじゃなくて……」

「じゃあ、なに……？」

「……」

「この間も芽衣に助けてもらったばかりなのに、もしかして、お礼もさせてくれないつもり？」

冗談めかして笑うシロを見ていると、頑なだったはずの心が、するりとほどけるような感覚を覚える。

手を借りられたらきっと心強いだろう。ふいにそんな思いが込み上げ、芽衣は、おずおずとシロを見つめた。

「……蝦蟇を……」

「ガマ？」

「……探して、いるの……」

「……」

呆気にとられている、と。

あまりにわかりやすい表情を見ながら、芽衣は困惑する。

けれど、どれだけ考えたところで、芽衣が置かれている状況はそれ以上でも以下でもない。

「蝦蟇って、カエルだよね……？」

「え、えっと……、蝦蟇で薬を作りたくて……」

「蝦蟇が見つからなくて泣いてたの……？」

「……」

言葉にされるとだんだん恥ずかしくなってきて、芽衣は思わず俯いた。

すると、シロが堪えられないとばかりに笑い声を零す。

「蝦蟇……」

「笑わないで……」

「ごめん……。だってあまりにも……」

シロは口を手の甲で塞ぎ、必死に笑いを堪えていた。

ただ、こうして笑われたお陰か、沈みきっていた芽衣の気持ちがスッと晴れていく。

シロはしばらく苦しそうに肩を震わせていたけれど、やがて、目に涙を滲ませたまま、芽衣に視線を戻した。

「ほんと、ごめん。……泥だらけになって蝦蟇を探してるなんて、あまりに可愛くて……」

「だって……、ここにいるって聞いたのに、見つからないんだもの……」

「拗《す》ねないでよ、手伝うから。蝦蟇を探すのなんて、僕の方が絶対得意だよ。前はしょっちゅう食べてたし」

「食べ……」

「あ、昔の、狐だった頃の話だよ。蛇やら虫やらなんでも食べてたけど、蝦蟇はまあまあだったな」

シロはそう言いながら立ち上がり、肩まで袖を捲る。

そして、沼の周囲を注意深く見渡した。

「最近、急に気温が下がったから、さっさと土の中に潜っちゃったんだよ。だからさ、──見てて」

そして、──突如、土の中へと腕を突っ込んだ。

ぬかるんではいても、簡単に掘れる程柔らかくないはずなのに、シロは表情ひとつ変えずにどんどん腕を沈み込ませる。

普段は子供っぽく、天に叱《しか》られてばかりだけれど、やはりシロもまた天と同じく特別な存在なのだと、芽衣は改めて実感した。

やがて、目を閉じて土の中を探っていたシロが、突如、パッと目を見開く。

「あ、触ったかも！」

「さ、触ったの……!?」

「なにその嫌そうな顔……。ねえ欲しいの？　欲しくないの？」

「ご、ごめん、つい……」

謝ると、シロはいたずらっぽく笑い、ゆっくりと腕を引き抜く。

すると、シロの手には、でっぷりと太った蝦蟇が握られていた。

「ね、簡単に見つかったでしょ？」

「シロ、すごい……！」

散々捜しても見つからなかった念願の蝦蟇に会え、芽衣の気持ちはたちまち高揚した。

籠を差し出すと、シロはその中に蝦蟇を入れる。

蝦蟇はポテッと音を立てて籠に収まり、いかにも不満げな表情で芽衣たちを見つめていた。

「うわー、めちゃくちゃ怒ってるね」

「が、蝦蟇さん……、起こしてごめんなさい……。どうしても、あなたの油が必要なの……。終わったらすぐに元の場所に戻すから……」

芽衣は必死に言い訳を並べながら、籠に蓋をする。

因幡の指南通りならば、籠の中の鏡を見た蝦蟇が、油を分泌するはずだ。

芽衣は籠の網目から中をそっと覗き込み、蝦蟇に祈りを込めた。

すると、シロは、芽衣の手をそっと引く。

「帰る？　送っていくよ」

「シロ……、ありがとう。でも、一人で帰れるよ。仕事中なのに、抜けてきてくれたんでしょ……？」

毒蜘蛛の件でボロボロになった草の縁は、ようやく修繕を終え、まさに今日から営業を再開したと聞いている。

そんな大切なときにこれ以上邪魔はできないと、芽衣は慌てて遠慮した。

しかし、シロは平然と首を横に振り、やおよろずへ向かって歩きはじめる。

「大丈夫だよ。再開したばっかりで、お客さんは少ないんだ。それに、浴衣《ゆかた》や手ぬぐいを休憩所に積み上げてきたから、きっと勝手に使ってくれるよ」

「そんな……、大丈夫なの……？」

「わかんないけど、いいんだ。少なくとも、芽衣よりは優先度が低いから」

「シロ……」

そんなことをサラリと言われると、つい戸惑ってしまう。

芽衣が口を噤むと、シロは困ったように笑った。――そして。

「芽衣は隠したいみたいだけどさ……、蝦蟇の油の薬って、あの意地悪な狐に使うんでしょ？」

思わぬ言葉に、芽衣はつい立ち止まる。

「知ってたの……？」

シロは、少しバツが悪そうに視線を落とした。

「あれからずっと寝込んでること、因幡から聞いた。……そのせいで、芽衣がすごく落ち込んでることも」

「因幡が……？　どうしてそんな……」

「怒らないであげてよ。そもそもは、僕が無理やり聞き出したんだ。……幸か不幸か、僕は毒蜘蛛の器として選ばれたから毒を受けなかったけど、あの狐はやばいんじゃないかなって、気になって。そしたら、案の定。……さすがに、悪いことしたって思ってる」

聞いたことがないくらいに、真剣な口調だった。

シロは、なにも言えないでいる芽衣の頬に、そっと触れる。

「そりゃ……、正直に言えば、ずっと寝込んでりゃいいのにって気持ちも、ほんのちょっとくらいはあるよ。でも、こんな僕でも、借りは返さなきゃって思ってるわけ。

それに……、あいつが弱ったら芽衣が泣くし」

「シロ……」

「だからさ、あの狐のことで必死になってる芽衣を見てるのは嫌だけど……、今回は、僕にできることはなんでもする。……もちろん、主に芽衣のために」

ふいに、胸が熱くなった。

芽衣のためだと強調していながら、シロの表情には、天を心配する気持ちが隠せていなかった。

これまで、二人をなるべく鉢合わせないようにと必死に気遣ってきたけれど、芽衣が知らないうちに、絆《きずな》が生まれていたのかもしれないと、ふと思う。

「ありがとう……」

つい、涙が零れた。

シロはそれを袖で拭い、にっこりと笑う。

いつも通りの表情に、芽衣の心は余計に緩んだ。

「ほら、蝦蟇の油を集めるんでしょ？　早く帰らなきゃ」

「うん……！」

「……ってかさ……、一応聞くけど、その油って傷に塗るの？　まさか、飲むの……？」

「わかんないから、両方試してみようかなって」

「うわ……」

わかりやすく顔をしかめるシロに、芽衣は思わず笑う。

すると、シロはほっとしたように息をつき、芽衣の手を引いてふたたび歩きはじめた。

「僕、絶対に寝込まないように気を付けようっと」

「シロは蝦蟇を食べてたんでしょ？　だったら平気なんじゃないの……？」

「そういう問題じゃないでしょ……。どんなに好物だったとしても、分泌物だけ集めて飲みたいなんて願望ある？」

「それは……、確かに……」

森の中に、二人の笑い声が響く。

シロの優しさのお陰で、一度は折れかけた芽衣の心は、すっかり回復していた。

やおよろずへ着くと、シロは天の部屋の方をチラリと眺め、すぐに草の縁へ帰って行った。

芽衣は蝦蟇を入れた籠を抱えて庭に入り、ひとまず水路で体の泥を落とすと、厨房に続く勝手口の前で辺りを見渡す。

「因幡……？」

名を呼ぶと、因幡が屋根の上からひょっこりと顔を出した。

「芽衣か。……たかだか蝦蟇一匹捕まえるのに、ずいぶん時間がかかったな」

「だって、全然いなかったんだもの……。どれだけ捜しても見つからなくて、結局シロが冬眠中の蝦蟇を捕まえてくれたの」

「ふむ。……まあ、なにはともあれ、捕まえたなら、あとは油を集めるだけだな。頑張れよ」

「わ、わかった……」

因幡はまったく興味がないらしく、すぐに顔を引っ込める。

芽衣はひとまず籠を地面に置き、ほっとひと息ついた。

計画通りにいっていれば、蝦蟇は今頃、鏡を見ながら油を分泌しているはずだ。

芽衣は蓋をわずかにずらし、恐る恐る中を覗き込む。――けれど。

「え……、なんで……」

蝦蟇は油を出すどころか、すっかりリラックスした様子で目を瞑《つむ》っていた。

「う、嘘でしょ……。ねえ、因幡……！」

ふたたび因幡の名前を呼ぶと、因幡はうんざりした様子で、さも面倒くさそうに屋根から飛び降りる。

そして、芽衣に急かされるまま、籠の中をそっと覗き込んだ。

「……ふむ。眠そうだな」

「えっと……、油は……？」

「寝起きで頭が回ってないのだろう。それに、辺りはもう暗くなりかけているからな。これでは鏡もよく見えぬ」

そう言われて辺りを見渡せば、確かに、日はすっかり傾きかけていた。この時期は日没が早く、夕方から夜まではあっという間だ。

「もうこんな時間だったんだ……」

悪戦苦闘している間に、ずいぶん時間が経過していたらしい。

そのとき、ふと天のことが頭を過った。

「ねえ、天さんは今日はもう目を覚ました……？」

天が目を覚ますのは、一日に数回。ほんの短い時間だが、ここ数日、芽衣はいつもそのタイミングに居合わせていた。

暇さえあれば様子を見に行っていたのだからある意味当然だが、今日に関しては蝦蟇のことで頭がいっぱいで、朝しか部屋を訪れていない。

「見てはおらぬが、そういえば黒塚が天の部屋から水を下げていたな。おそらく、起きたということだろう」

「……そう」

「ぐずぐずしていたら黒塚に出し抜かれるぞ。いつものように部屋にへばり付いていた方がいいのではないか」

　たちまち心の中にモヤモヤした感情が広がっていく。

　けれど、芽衣はそれを無理やり抑え込み、首を横に振った。

「ううん。……私は黒塚さんみたいに、何年も待ち続けられる猶予がないもの。一日でも早くよくなってもらわないと」

「芽衣……。前にも言ったが、数年とは、ほんの束の間という意味合いで使っただけだぞ……。俺たちにとっては数日も数年も誤差なのだ……」

「わかってるけど、……早く治ってほしいから続けるよ。私にとっては、たった一日でも貴重なの」

「そうか。……まあ、止めはせぬが」

しかし、そうは言っても、目下の問題は蝦蟇がすっかりリラックスしてしまっていること。

意気込みだけが先行して結果が伴わず、芽衣は重い溜め息をつく。

「ひとまず、蝦蟇は鏡が見えるくらい明るいところに置いておいたほうがいいのではないか。あとは、じっくり待つしかないだろう」

「そうだね……。部屋で様子を見ようかな……」

芽衣は籠を抱え、自分の部屋へ向かった。

灯りをつけると、蝦蟇はようやく薄目を開けるが、興奮する様子はない。むしろ、丸く蹲《うずくま》ったまま、ほとんど動いてもいない。

芽衣はがっくりと肩を落とす。

けれど、それ以上に、なんだか申し訳ない気持ちが込み上げてきた。

「なんか……、ごめんね……」

天によくなってほしいと強く願うあまり、薬を作ることばかりに必死になっていたけれど、ひとたび冷静になれば、冬籠りから強引に起こされた蝦蟇はあまりに不憫《ふびん》だ。

その上、明るい部屋で油が出るまで待たれるなんて、たまったものじゃないだろう。

なんでもすると宣言したばかりだが、心の中にわずかな迷いが生まれていた。

「私、自分の目的のことしか考えてなかったかも」

芽衣は悩んだ挙句、——結局、籠の中にそっと手を入れ、内側に固定していた鏡を外す。

「いじめたかったわけじゃないの。……正直、蝦蟇で散々な目に遭ったばかりだから、ちょっと……いや、かなりトラウマにはなってるけど、あなたは悪くないもんね」

芽衣はそう言いながら、鏡を縛《しば》っていた草を切り、鏡を取り出した。

そして、籠の横にころんと寝転がる。

籠の隙間から、相変わらず眠そうに目を細める蝦蟇が見えた。

「……明日、元の場所に戻してあげるね……。今日はもう遅いから、ここで寝て。……ほんと、ごめん」

言葉が通じるはずはないけれど、蝦蟇は、まるで芽衣の呟きに相槌《あいづち》を打つかのように、喉を膨らませた。

その規則的な動きを見ていると、芽衣の瞼《まぶた》が次第に重くなっていく。

思えば、今日は、気持ち的にも体力的にも消耗の激しい一日だったと、芽衣は一日を振り返りながらゆっくりと目を閉じる。

意識を手放すまでは、あっという間だった。

芽衣が目を覚ましたのは、早朝。

窓から差し込む朝日に目を細めながら、芽衣はふと、妙な生臭さを覚えた。

――なに、この匂い……。

なかなか覚醒しない頭を無理やり動かし、芽衣は寝転んだまま部屋を見渡す。――

そのとき。

籠の中に、蝦蟇の姿がないことに気付いた。

「嘘……！」

芽衣は慌てて上半身を起こす。

籠の横には、乗せていたはずの蓋が転がっていた。

どうやら夜の間に逃げてしまったらしい。戸も窓も閉めていたはずだが、狭い部屋のどこを見渡しても蝦蟇の姿はなかった。

「逃げ……ちゃった……」

そもそも沼に帰してやる予定だったのだから、逃げられてしまったこと自体に問題はない。

ただ、やおよろずの周りには動物が多く、蝦蟇を食べていたというシロの話を思い出し、ふと心配になった。

せっかく安全な場所で寝ていたというのに、芽衣のせいで捕食されてしまったのでは、あまりに申し訳が立たない。

——まだ近くにいるかも……。

そう思い立った芽衣は、支度を整えようと立ち上がり、ひとまず照明を点《つ》けた。——そのとき。

「ひゃぁっ……！」

思わず、悲鳴が零れる。

目の前に広がっていたのは、部屋中の畳にべったりとまとわりつく、液状のなにか。

それは、テカテカと異様な艶を放っていた。

「芽衣！　ど、どうしたのだ！」

悲鳴を聞きつけたのか、駆け込んできたのは因幡。

因幡は固まる芽衣と畳の惨状を見て、目を見開く。

「い、因幡……！　起きたら部屋中がこんなことに……」

因幡は顔をしかめながら、畳についたものにそっと鼻を寄せる。——そして。

「芽衣よ……、この臭いは間違いなく蟾酥。つまり、……蝦蟇の油だ」

「はい……？」

因幡の言葉の意味が、芽衣にはなかなか理解できなかった。

固まってしまった芽衣を他所に、因幡は前脚で畳をそっと拭うと、真剣に観察する。

「それにしても……、これだけの量をぶちかまして去るとなると、あいつ、もしや妖だったか」

「あや……かし……？」

突然出て来た物騒な言葉に、芽衣はさらに混乱した。

茫然としていると、因幡は器用に蝦蟇の油を避けながら芽衣の傍へ来て、ちょこんと座る。

「いちいち怖がるな。妖といっても、全部が全部危険なわけではない。どちらかといえば、天や俺と似たようなものだ。おそらく、あいつはあの沼の主だったのだろう」

「沼の主……？　どうりで、やけに貫禄があると思った……。だけど、どうしてそう思うの……？」

「どうしてもくそも、これだけの蟾酥を一気に出す蝦蟇などいるものか。この量はあの蝦蟇の体積をはるかに超えているだろうが」

「確かに……」

言われてみれば、因幡からは、分泌する蟾酥を匙で小鉢にかき集めなければならないと聞いていた。

こんな量を出してくれるのならば、小鉢どころかバケツでも足りない。

「お前がいつのまに蝦蟇と打ち解けたのか知らぬが、油が欲しいことは十分すぎる程伝わったようだな」

「打ち解けてなんてないけど……」

「しかし、奴はそうは思っていない。……なるほど、お前、鏡を外してやったのか」

「え……？　あ、うん……。なんか、急に申し訳なく思えてきて……」

因幡が手にしていたのは、籠の横に転がる手鏡。

確かに、芽衣は昨晩、突如蝦蟇を不憫に思って鏡を外した。しかし、そもそも捕まえたのも芽衣なのだから、感謝されるのはおかしな話だ。

しかし、因幡は納得したように何度も頷いていた。

「そういえば、蝦蟇の油から作った薬は、ヒトの世でも大変重宝されたと聞いた。大国主がヒトへと薬を作る指南をし、またたく間に流行したとか。……なんせ、材料となる蝦蟇はどこにでもいるからな」

「そんなに有名な薬だったのね」

「おそらく、奴は長く生きたぶん、散々油を搾り取られ続けてきたのだろう。またかと思っていたところで鏡を外され、感謝から置き土産《みやげ》を残していったというところか」

「置き土産……」

改めて部屋を見渡せば、ベッタリと湿った畳が、異様な臭いを放っている。

普段なら惨状以外のなにものでもないが、確かに、今の芽衣にとっては喜ばしい置き土産だ。――しかし。

「とはいえ、このような状態では使いようがない……」

それは、衝撃的なひと言だった。

芽衣は信じられない気持ちで、因幡を抱え上げる。

「どういうこと？　こんなにたくさんあるのに……？」

因幡は苦笑いを浮かべ、耳をくたっと垂らした。

「……阿呆、薬だぞ。いくら煮詰めるといっても、こんな古い畳に染み込んだものを集めて使うわけにはいかぬだろう」

「それは……」

言われてみれば、その通りだった。

現状、蝦蟇の油で薬が完成したとして、塗るのか飲むのかすらもわかっていない。

百歩譲って塗り薬ならまだしも、万が一飲み薬だったなら、畳に沁み込んだ蝦蟇の油を集めて天に飲ませるのは、さすがに気が引ける。

「だったら、もう一回さっきの蝦蟇を捜して、蝦蟇の油を分けてもらってくる……」

芽衣は蝦蟇を追おうと、慌てて立ち上がった。

しかし、今にも部屋を飛び出そうとしている芽衣の前に、因幡が立ちはだかる。

「おい……！　待て！　奴が妖ならもうとっくに土の中だ！　もう一度起こしでもしたら、さすがに怒りを買うぞ……！　蝦蟇の恐ろしさは身をもって体験したばかりだろう……！」

そう言われた途端、鮮明に呼び覚まされる、強烈な記憶。安易に蝦蟇の怒りを買えばどんな目に遭うか、想像しただけで体が震えた。

「そう……、だよね……」

芽衣は勢いを失い、ふたたび座り込む。

すると、因幡がやれやれと溜め息をついた。

「その勢いまかせの暴走癖はなんとかならぬのか」

「ごめん……。だけど、蝦蟇はみんな冬篭りしてるみたいだし、蝦蟇の油はもう手に入らないんじゃないかと思うと、つい……」

「気持ちはわかるが落ち着け。ひとまず、塗り薬ならば幸運ということで、集めるだけ集めたらどうだ。無駄かどうかは、まだわからぬ」

「うん……、そうする」

因幡に諭されることなど滅多になく、芽衣は自分の精神状態がいかに不安定かを改めて自覚した。

因幡はがっくりと項垂れる芽衣の頭を前脚でぽんと撫でた後、腕を組んで考え込む。

「それにしても、これを集めるのは至難の業だな。竹べらでも借りて来て地道に集めるか」

「ありがとう、因幡……」

「ただ、集めたところで、煮詰めてしまえばほんの少ししか残らぬ。……あまり期待しすぎるなよ」

「わかってる」

因幡が厨房へ向かうと、部屋はたちまちしんと静まり返った。

気持ちが落ち着きはじめると、辺りに漂う生臭さがやけに際立って感じられる。

「それにしても、この部屋は元に戻せるのかな……。ベタベタしてるし、臭いも残りそう……」

切実な問題が頭を過るが、今の芽衣には、なんの案も思い浮かばない。

まさに、天がいなければポンコツだと貶《けな》した、因幡の言葉通りだった。

神の世へ迷い込んで以来、思えばなにもかも天頼りだったのだと、芽衣はその存在の大きさを改めて痛感する。

なにより一番支えられているのは、精神面だ。

どんな局面に立たされようとも、天がただ傍にいてくれるだけで、不思議なくらいに気持ちが強くなる。

――早く、天さんの声を聞きたい……。

目を閉じれば、声も表情も体温すらも、すぐに思い出すことができる。けれど、今の芽衣には、それだけでは足りなかった。


「――たった、これだけ……」

竹べらを使って必死にかき集めた蝦蟇の油は、結局、最初に用意した小鉢ひとつ分にも満たなかった。

愕然とする芽衣の横では、疲れ切った因幡が畳の上に体を投げ出している。

「この部屋が板敷きだったならなんとかなったものの……、畳が思った以上に吸い込んでしまったようだ……」

「だけど、ないよりマシだよね……？」

「まあ……、当初はこの程度の量を想定していたからな……。あまり清潔でないことを除いては、おおむね計画通りではある」

「清潔じゃないのは結構、大問題だけど……。でも、煮詰めたら滅菌されるはずだよね……」

芽衣は小鉢を大切に抱え、因幡と一緒に部屋を後にした。

厨房へ入ると、掃除をしていた燦と目が合う。

「燦ちゃん、少し火を借りてもいい……？」

「芽衣。……それ、なに」

燦は普段からあまり感情を表に出さないが、芽衣が手にしている小鉢を見るやいなや、眉根を寄せて鼻に手を当てた。

「ごめん……、燦ちゃんは鼻が利くから、この臭いはきっときついよね。これ、蝦蟇の油なの。実は、薬を作りたくて……」

「もしかして、天さんの？」

「うん」

芽衣が頷くと、燦は大きな瞳をかすかに揺らした。

燦の時間の感覚は、もちろん因幡と同じだ。だから、待っていれば治るという認識も同じだろう。

芽衣は居たたまれずに視線を落とす。

しかし、燦はしばらく黙って芽衣を見つめた後、引き戸から古い片手鍋を取り出し芽衣に差し出した。

「このお鍋でいい？」

予想外な言葉に、芽衣は勢いよく顔を上げる。

「え……？　使っていいの……？」

「うん。これは薬草を煎じるとき用だから、大丈夫」

「燦ちゃん……」

燦は呆れるどころか、驚く程に協力的だった。芽衣が片手鍋を受け取ると、続けて木べらを取り出し芽衣に渡す。

「天さん、早くよくなるといいね」

「ありがとう……」

その言葉は、不安でたまらなかった芽衣の心にまっすぐに届いた。

思えば、燦はどんなときも芽衣の気持ちに寄り添ってくれ、決して口数は多くないけれど、必ず芽衣が必要としている言葉をくれる。

芽衣は力強く頷くと、早速片手鍋に蝦蟇の油を注ぎ、かまどにかけた。

すると、因幡が芽衣の肩越しに鍋を覗き込む。

「芽衣、火は限界まで小さくしろ。一気に熱せばあっという間に消えてなくなる。じわじわと温める感覚で、じっくりと煮詰めるのだ」

「どれくらいの量になれば完成なの……？」

「見たこともないのだから、正直よくわからぬ。……だが、ひとまず軟膏《なんこう》くらいの粘度を目指せばいいのではないか」

「よくわかんないけど……、とにかく、薬っぽくなればいいってことだよね」

「平たく言えばそうだ」

芽衣は頷くと、鍋の中でゆっくりと木べらを動かした。

どうしても不安なのは、やはり量の少なさ。小鉢から鍋に移してみると、なおさら少なく感じられた。

「これって、もし完成しても一回分にもならないんじゃ……」

「まあ、そうだな。しかし、もし効いているようならば、本格的に蝦蟇の捕獲をすればいい話だ」

「また、冬篭り中の蝦蟇を捜すってこと……?」

「しかも、大量にな。普通の蝦蟇は、こんなに蟾酥を出さぬ」

「そうだよね……」

薬は効いてほしい。しかし、また蝦蟇を起こすのは忍びない。

芽衣の心は、そんな思いが堂々巡りしていた。

――もっと、誰にも迷惑をかけずに作れる薬があるといいのに……。

そんな案があれば言うことはないが、当然ながら、芽衣に薬の知識はない。その上、今必要としているのは、妖から受けた毒を消すための薬だ。

あまりにも特殊すぎて、これればかりは考えてどうにかなる問題ではなかった。

――ほとぼりが冷めた頃、もう一度あの蝦蟇にお願いしに行くしかないかも……。

ただ、それも、天に蝦蟇の油が効けばの話だ。

芽衣は、なんの確証も持てていない現状に、重い溜め息をついた。――そのとき。

「――あらあら、すごい臭い」

突如、厨房に顔を出したのは、黒塚。

黒塚は袖を口元にあてがいながら、目を細める。

「黒塚さん……。どうしました？」

「どうしたもこうしたも、あまりに生臭いから様子を見にきたのよ。芽衣さん、なにをしているの？」

「……薬を作ってるだけです」

「もしかして、天様の？」

「……」

きっと笑われるのだろう、と。芽衣は頷けなかった。

しかし、黒塚は芽衣の様子で答えを察したのか、笑みを深める。

「なら、今日も私が天様に付き添っているわね。燦ちゃん、天様にお届けするお水をご用意いただけるかしら」

「……水なら、私が」

「いつ起きるかわからないから、忙しい燦ちゃんが付いているわけにはいかないでしょう？　私なら、いくらでも傍にいられるから大丈夫よ」

やたらと煽るような言い方に、燦が戸惑った様子で芽衣を見上げた。芽衣はモヤモヤする気持ちを無理やり抑え、燦にこくりと頷く。

すると、燦は水を用意し、盆に載せて黒塚に渡した。

「では、芽衣さん、頑張ってね」

「……はい」

芽衣はなんとか返事を絞り出し、やりきれない気持ちをぶつけるかのごとく、力を込めて木べらを動かす。

因幡と燦から向けられる同情的な視線が居たたまれなかった。

「芽衣。本当に良かったの？」

「うん……。もちろん私が付き添っていたいけど……、ただ待ってるより、薬を作っていた方が前向きになれるから、いいの。……その方が、天さんのためになるし。……効けばの話だけど」

芽衣は自分に言い聞かせるようにそう言うと、二人に気付かれないよう、そっと溜め息をつく。

すると、因幡は芽衣の肩の上で、いつの間にかくすねた茶豆をつまみながら、鍋の中を覗き込んだ。

「それにしても、まだまだかかりそうだな」

「うん。薬を作るって、すごく大変なんだね……。ヒトの世にいたときはどんな薬も簡単に手に入っていたから、自分で作るなんて考えたこともなかったけど」

神の世の薬が芽衣に効かないように、ヒトの薬が天たちに効かないことはわかっているが、薬がずらりと並ぶドラッグストアの光景が妙に恋しい。

たとえば風邪薬ひとつとっても何十種類もあったし、症状にあわせて成分も少しずつ違っていた。

当時の芽衣は、蝦蟇の油で薬を作る日がやってくるなんて、夢にも思っていなかった。

あの頃は本当に恵まれた環境だったのだと思わずにいられなかった。

「だが、ヒトの世の薬も元を辿れば大国主の知恵だぞ。ヒトは弱く、すぐに死ぬから、独自の進化を遂げたのだ」

「そっか……。あれも全部、蝦蟇の油から進化したのね……」

「阿呆。薬は蝦蟇の油だけじゃない。大国主の持つ薬の知恵は、まだまだいくらでもある。……俺が覚えていないだけで」

「ちなみに、因幡……。もうひとつだけ、思い出せない……？」

「もうひとつだと……？」

「ほら、蝦蟇の油が駄目だったときのために……」

芽衣がそう言うと、因幡は面倒臭そうに顔をしかめた。

しかし、一応思い出そうとしてくれているのか、芽衣の頭に顎《あご》を乗せて考え込む。

芽衣としても、正直、強い期待を込めて聞いたわけではなく、むしろ、あれば幸運くらいの軽い気持ちだった。

実際、因幡はすぐに考えるのを諦め、ふたたび芽衣の頭の上で茶豆の鞘《さや》をむきはじめる。

「因幡……、人の頭をテーブルにしないで」

「高さが丁度よいのだ」

「そういう問題じゃないから」

やはり無理か、と。

芽衣は小さく息をつく。——しかし、そのとき。

「——芽衣さん。蛇石《へびいし》って知ってる？」

廊下から突如響いた、黒塚の声。

驚いて視線を向けると、黒塚は厨房を覗き込みながら、いつも通りの怪しい笑みを浮かべていた。

「黒塚さん、もう戻ったんですか……？」

「いいえ、役に立ちそうな噂を思い出したから、教えてあげようと思って。すぐに戻るから、天様のことは心配しないでね」

「……そうですか」

「あら、怖い顔」

いかにも楽しげに言われ、思わず顔が引きつりそうになった芽衣は、慌てて黒塚から視線を逸らす。

黒塚は、あえて芽衣の神経を逆なでする言い方を選び、反応を楽しんでいるのだと、散々因幡から宥められてきた芽衣は十分わかっているつもりだった。

けれど、だからといって感情はなかなか追い付かない。

「おい、もったいぶらずに早く言え。蛇石とはいったいなんだ」

なにも言えない芽衣の代わりに質問を返したのは、因幡。

すると、黒塚はたっぷりと時間を置き、意味深なことを口にした。

「蛇石とは、触れただけでたちどころに毒を吸い出す石なんですって。現物を見たことはないけれど、少し前に、香具師《やし》が売り歩いていたと聞いたわ」

ふいに、芽衣の手が止まった。

それが本当ならば、今の芽衣にとっては喉から手が出る程に欲しい情報だ。

芽衣は苛立ちを忘れ、黒塚に視線を向ける。

「それ、本当ですか……？」

「所詮は噂よ。信じるか信じないかは芽衣さん次第。だけど、元は神様たちが愛用していたものだって聞いたから、もし本当だったなら、天様にも効くんじゃないかしら」

「香具師って……？　どこにいるの……？」

たたみかけるように質問する芽衣に、黒塚は満足そうに笑った。

「香具師とは、いわゆる的屋《てきや》のこと。賑わう町を次々と渡り歩きながら、道端で商売をしていたの」

おそらく、露店商のようなものだろうと芽衣は想像した。

しかし、そうだとすると、無視できない問題がひとつあった。

「香具師って、ヒトなんですね……？」

香具師が神の世に存在する者であったなら、今も捜すことはできる。しかし、ヒトである場合は、現世に存在している可能性はゼロだ。

手に入れるのは不可能に思え、芽衣は肩を落とす。

しかし、黒塚はその反応すら予想通りとばかりに、さらに笑みを深めた。

「芽衣さん、がっかりするのは早いんじゃない？　確かに、もうヒトの世には蛇石を扱う香具師なんていないでしょうけど……、さっき言った〝役に立ちそうな噂〟は、ここからが本題なのに」

三人の視線が、同時に黒塚へ向けられた。

黒塚は、所詮は噂だと口にしていながらも、ずいぶん自信ありげな表情を浮かべている。

「どういう、ことですか……？」

期待と不安で、芽衣の鼓動はみるみる速くなった。

黒塚は、固唾を呑んで待つ芽衣をまっすぐに見つめながら、たっぷりと間を置いて、
ようやく続きを口にした。

「——香具師の亡霊が出るんですって。……大昔から、お伊勢参りの宿場《しゅくば》町として賑わっていた、関宿《せきじゅく》に」

「香具師の、亡霊……？」

「ええ。香具師の亡霊なら、今も蛇石を扱っている可能性はあると思うのよ」

「死んでしまってからも、商売を続けているってことですか……？」

「ええ。亡霊という存在は、死んだその瞬間からずっと時が止まったままだから。死んだことに気付いていない者もいるくらいなのよ」

芽衣は、目を見開く。

蛇石に香具師の亡霊にと黒塚の話はどれも怪しげだが、不思議と説得力もあった。

「関宿に行けば、その香具師の亡霊がいるんですか……？」

「ええ。関宿は、伊勢神宮に一番近い宿場町」

「私、……行ってみます」

即答すると、黒塚はついに声をあげて笑った。

同時に、因幡が慌てた様子で肩から飛び降り、芽衣を見上げる。

「お、おい！　いい加減懲《こ》りろ！　また騙されているだけかもしれぬぞ！」

「いいよ、騙されても別に」

「俺が言うのもなんだが、いくらなんでもお前は騙されることに耐性が付き過ぎではないか……？」

「でも、試してみなきゃわからないじゃない」

「それはそうだが……！」

散々、芽衣を騙したりからかったりしてきた因幡に心配されているという状況が、なんだかおかしい。

お陰で少し冷静になったものの、気持ちは変わらなかった。

「しかし、どうやっていくつもりだ！　最悪、俺が蝦蟇の油の面倒を見たとしても、天がいない今、燦はやおよろずを抜けられぬ！　いくら近いといえども、お前の足では急いでも半日以上かかるぞ！」

「え、半日で着くの……？」

「おい……！」

因幡は頭を抱えるけれど、やたらと気の長い面々に囲まれて生きている芽衣にとって、半日は想像よりも短く感じられた。

しかし、因幡は必死に首を横に振りながら芽衣の袖を引く。

「阿呆！　お前のような無警戒な奴が半日もフラフラ歩いて無事なわけがないだろう！　そ、そうだ……、シロに仕事をさぼらせればよい！　アレに連れて行ってもらえ！」

「そんな……、昨日も付き合わせたばかりなのに……。天さんのことでこれ以上、協力してもらうわけにはいかないよ……」

因幡の心配はもっともだが、つい昨日、お世辞にも仲がいいとは言えない天のために協力してくれたシロの気持ちを考えると、簡単に甘えるのはさすがに気が引けた。

「遠慮してる場合か！　あいつは暇人なんだから使いまくれ！」

「たった一人で商売してるんだから、暇なわけないよ……」

「私も、芽衣だけで行くのは心配」

「燦ちゃん……」

ここまで止められるとさすがに押し切るわけにはいかず、芽衣は勢いを失い、口を噤む。

しかし、それでも諦める気にはなれなかった。

となると、芽衣の選択肢は、因幡が言うようにシロに頼むか、または、いつになるかわからない蝦蟇の油の完成を待ってから行くかの二つ。

どちらとも決められず、芽衣は頭を抱えた。――そのとき。

「よかったら、私が連れて行ってもいいけれど」

突如、黒塚がそう口にした。

「黒塚さんが……？　どうしてですか……？」

芽衣は、思わず警戒する。

願ってもない話だが、普段からなにを考えているかわからない黒塚が、親切心だけでそんな提案をくれるとはさすがに思えなかったからだ。

すると、黒塚はさも楽しげに目を細める。

「芽衣さんが嫌ならいいのよ。実は、少し野暮用があるの。伊勢を離れるから、ついでにと思って」

「……聞けば聞く程、怪しいではないか」

「だから、無理強いはしないと言っているのに。まあ、少し考えてちょうだい。ただし、ここを出るのは天様が一度目を覚ますのを確認してからね。もし行くなら、日が落ちた頃に鳥居の前で待っていて」

黒塚はそう言い残すと、ふたたび天の部屋へ向かった。

厨房には妙な空気だけが残され、三人は顔を見合わせる。

「……まさか、黒塚に頼もうと思っていないだろうな」

最初に口を開いたのは因幡だった。

芽衣はその射抜くような視線に、思わず瞳を揺らす。

「そ、それは……」

「おい、モロに顔に出ているではないか……！　お前は本当に学習しない奴だな……。あれは妖だぞ？　いつなにをやらかしても不思議じゃない。お前をどこかへ連れ去って食う気かもしれぬ」

「さすがにそんなこと……」

「麻多智の境界により、妖がヒトと簡単に関われなくなってしまった今、お前のような存在は珍しく、ヒトを食う妖からすれば、紛れもないご馳走だ。……黒塚もまた、昔はそうだったはずだろう」

「……わかってる」

芽衣は、ゴクリと喉を鳴らす。黒塚の過去は、まさに因幡が言った通りだ。

娘を殺さずに済んだことが運命の分かれ道となり、今はどういうわけかやおよろずに滞在して平然と暮らしているが、その目的も、心に抱えているものも、まったく知ることができない。

他人が踏み込む隙はなく、たとえ尋ねたところで妖艶な笑みに遮られてしまう。

だからこそ、因幡が警戒するのは当然だった。

しかし、一方で、芽衣は黒塚のことを完全に疑いきれないでいる。

今回の、唐突な提案も同じだ。

「だけど……、もし騙そうとしているなら、怪しくないっていうアピールをもっとするものじゃない……？　野暮用とか、ついでだとか、わざわざ怪しまれるような言い方する……？」

「しかし、それが策かもしれぬ」

「そうかな……。確かになに考えてるかわからないけど……、蝦蟇の妖に襲われたたときは、なんだかんだで捕獲に協力してくれたわけだし……」

「それは、お前のような間抜けな奴が最大限に楽観視した場合の、もっとも愚かな見解だぞ」

「でも、もし私を襲おうと思ってるなら、あのときにいくらでもできたと思わない？　天さんも傍にいなかったし、山の中に一人きりだったんだから……」

「……それは、まあ、……その通りだが」

因幡は勢いを失い、耳をくたっと垂らした。

厨房は、ふたたび静まり返る。

芽衣は、因幡や燦が心から心配してくれていることも、酷く困らせていることも、もちろんよくわかっていた。

心から感謝しているし、できるなら、芽衣だってそんな二人の思いに抗いたくはない。

沈黙が続くにつれ、芽衣の心の痛みは次第に増した。

やがて、――やはりもう一度考えなおすべきかもしれない、と。諦めの気持ちが心に広がりはじめた、――そのとき。

「……芽衣が意見を通そうとするときは、いつも、誰かのためだね」

突如、燦がそう口にした。

芽衣は驚き視線を上げる。

「因幡やシロや、私や、もちろん天さんも。誰かが危険なとき、芽衣は絶対に誰の話も聞かない。かたや、野菜の収穫のタイミングは、何度も何度も迷った挙句、枯らしちゃうこともあるのに」

「燦ちゃん……」

普段無口な燦の言葉は、芽衣の心にまっすぐに届いた。

思えば、芽衣がやおよろずへ来てからというもの、次々とトラブルに見舞われたし、燦たちのことを何度も巻き込んできた。

迷惑ばかりかけていると反省するばかりだった芽衣は、まさかそんな風に思ってくれていたなんて、考えたこともなかった。

「確かに、芽衣はどうでもいいこと程、馬鹿みたいに迷う。……今回のように迷いがないということは、よほどどうでもよくないことなのだろう」

「因幡……」

ついには、因幡までもが燦に同意した。

さっきまで張り詰めていたはずの空気が、ふっと緩む。

「まあ、俺にとってはやはりどうでもいいことだが……。なにせ、天は待てばいずれ治るのだからな。……ただ、ヒトにとっての一日の価値がどれだけ大きいかは、芽衣のせいで、いい加減理解した。……それを考えると、気持ちがわからなくもない」

涙が零れそうになって、芽衣は慌てて上を向いた。

因幡が、やれやれといった様子で芽衣に寄り添う。

芽衣はその頭を撫でながら、無理やり笑みを繕った。

「あのどうしようもなかった因幡が……、こんなこと言ってくれるなんて……」

「……おい、ずいぶん上から目線だな」

「芽衣の教育の賜物だと思う」

「馬鹿なことを言うな。自分よりも駄目な奴は放っておけないものだ」

「酷い……」

芽衣が笑い声を零すと、二人が同時にほっと息をつく。——そして。

「芽衣。行くのなら、決して油断するなよ。黒塚のことはもちろんだが、香具師の亡霊というものも得体が知れぬ。それに、今回はその便利な鈴は使えぬからな」

その言葉は、黒塚に付いて関宿へ行くことへの理解を意味していた。

芽衣はその言葉を噛み締め、深く頷く。

「わかってる。……ありがとう、燦ちゃん、因幡」

「うん。心配だけど、応援する。それに、芽衣になにかあったら、きっと黒塚も無事じゃないと思うから」

「それは、その通りだな。天のように冷静ぶっている奴程、タガが外れたときは尋常じゃなくやばい」

「そんなことは……」

天がいかに過保護か、嫌という程知っている芽衣は、否定しきれずに曖昧に笑った。

天がもしこの出来事を知ったなら、どれだけ怒り狂うか想像に容易い。

天にばれないためには、絶対に問題を起こさずやり遂げる必要がある。

芽衣はそれを心に強く刻み、関宿に思いを馳せた。

関宿とは、東海道《とうかいどう》五十三次《ごじゅうさんつぎ》の宿場町のひとつだ。

東海道とは、江戸時代に整備された街道であり、東京の日本橋《にほんばし》から京都の三条大橋《さんじょうおおはし》まで結ばれている。

黒塚に連れられて芽衣が関町に降り立ったのは、すっかり日をまたいだ夜中。

着くやいなや、芽衣は、周囲に広がる江戸情緒溢れる街並みに驚いた。

瓦《かわら》葺《ぶ》きの木造建築がずらりと並ぶ様子は、伊勢神宮の内宮の傍にある、おはらい町の雰囲気に似ている。

「すごい……、時代劇みたい。歴史的な建物が残っているんですね……」

「私にとってはそう昔ではないけれど。……確かに、この町はあまり変わらないかもしれないわね」

「遊びに来たことがあるんですか……？」

「まさか。私がヒトとして生きていたのは、東海道なんてものが通るよりもずっと前のこと。ただ、賑やかな町を見ているのは好きだから、伊勢へ向かう途中には、ここでつい足が止まってしまうの」

「少し、わかる気がします……」

関宿は、はじめて来た場所だというのに、ふと郷愁の念に駆られるような雰囲気が漂っていた。芽衣は不思議な気持ちを覚え、ぼんやりと町並みを眺める。

すると、黒塚が芽衣の背中にそっと触れた。

「芽衣さん、のんびりしていていいの？　そろそろ丑三《うしみ》つ時よ」

「丑三つ時……って、二時くらいでしたっけ……。なにか関係あるんですか？」

「あら、知らないの？。亡霊が彷徨うのは、丑三つ時と相場が決まっているでしょうに」

「なるほど、その時間に香具師の亡霊が出るってことですね……！」

「ええ。だけれど、現れるのはほんの四半時《しはんどき》。亡霊は妖と違ってとても見付け難いから、注意してね」

四半時というと、三十分だ。

思ったよりも短く、途端に焦りが込み上げた芽衣は、一刻も早く捜さなければと周囲に視線を泳がせた。

すると、黒塚はひらりと身をひるがえし、肩越しに怪しく笑う。

「では、芽衣さん。私はここで」

「え？　もう行っちゃうんですか……？」

「ええ。――野暮用が」

野暮用と口にしたとき、――ほんのかすかに、黒塚の目が寂しさを映した気がした。

その表情は美しくも切なく、芽衣は思わず息を呑む。

「野暮用って、どこに……」

しかし、黒塚は芽衣の問いを最後まで聞きもせず、あっという間に姿を消してしまった。

静まり返った町で、芽衣は一人立ち尽くす。

黒塚の表情は気になったものの、今はのんびり考えている場合ではなかった。

「ていうか……、香具師の特徴も聞いてない……」

黒塚にこれ以上の協力を望んでいたわけではなかったけれど、人捜しするには、あまりにも情報が少ない。

わかっているのは、香具師が露天商であるということだけ。おまけに、時間は三十分しかない。

芽衣はひとまず足早に通りを歩いた。

ただ、芽衣は、亡霊というものがどういう存在なのか、今ひとつピンときていない。

「亡霊って、つまりオバケだよね……？　そもそも私に視《み》えるの……？」

黒塚や因幡と話していると、亡霊に会って話を聞くことがさも普通のことのように、感覚が麻痺《まひ》してしまう。

しかし、いざ一人になってみれば、亡霊を捜すなんてずいぶん奇妙な話だ。

思い返せば、ヒトの世で生きていた頃は、存在が曖昧だと思っていながらも、霊というものをやたらと怖ろしく感じていた。

子供の頃なんかはとくにそうで、夜中にかすかな物音がしただけで、怖くて眠れなかった。

それが、今や自ら会いに行こうとしているのだから、ヒトの順応性は計り知れないと、芽衣はしみじみ思う。

芽衣は、建物の陰や路地をくまなく覗きながら、香具師の亡霊を捜した。

しかし、ある程度予想はしていたものの、それらしき気配はどこにも見当たらなかった。

「香具師さん……、どこにいるの……？」

正確な時間はわからないが、感覚的に、黒塚が去ってからもう十五分は経っている。

時間はどんどん迫っているし、とはいえ、まったく土地勘のない町ではどう歩けば効率がいいのかもわからず、焦りばかりがみるみる増していった。

やがて、夢中で歩いているうちに、周囲の雰囲気が少し変化していることに気付く。

建物が徐々に減っていることから、メインの通りから逸れてしまったらしいと芽衣は察した。

——商売してるなら、賑やかな場所にいそうな気がする……。

芽衣はもう一度戻ろうと、踵を返した。——しかし、そのとき。どこからか、かすかに水の流れる音が聞こえた。

ふと頭を過ったのは、霊は水場に出やすいというよく聞く噂。

どれくらい信ぴょう性のある話なのかはわからないが、なんのヒントも持たない今の芽衣にとっては、その思い付きを無視できなかった。

芽衣は水の音がする方へ、足を進める。

すると、間もなく、ガードレールに阻《はば》まれた広い河原に突き当たった。

目線の先には、ゆるやかに流れる美しい川。芽衣はまるでなにかに導かれるかのように、ガードレールを越えて河原を歩く。

景色は遠くまで拓け、人影も、亡霊らしき気配もない。ならばすぐに立ち去るべきだとわかっているのに、なぜだか足が止まらなかった。

心が、やけにざわついていた。

芽衣は川岸まで歩くと、水の流れを茫然と見つめる。――すると。

「な……に……？」

それは、あまりにも突然だった。

突如、頭が割れる程の激しい頭痛に襲われたかと思うと、耳元で金属を叩くような耳鳴りが響き、芽衣は頭を抱えて座り込んだ。

同時に、周囲の気温がみるみる冷え、体が小刻みに震えはじめる。

自分になにが起こっているのかまったくわからず、体の奥から恐怖が込み上げてくる。

そして、そのとき。――背後から、芽衣の肩にひやりと冷たいものが触れた。

「っ……！」

悲鳴は声にならず、芽衣は恐る恐る振り返る。

そして、――それを見た瞬間、思考が完全にストップした。

芽衣の背後にいたのは、莚《むしろ》の上に座る男。

首を深く項垂れ、表情を確認することはできないけれど、それが生きたヒトでないことは確認するまでもなかった。

男には色がなく、背後の景色がかすかに透けている。

その姿はあまりに怖ろしく、芽衣は心を保つだけで精一杯だった。

ただ、そんな極限状態の中ですら、芽衣の心の奥の方に、ひとつの予想が生まれていた。

この男こそ、捜し求めていた香具師の亡霊ではないか、と。

もしそうだったならば、丑三つ時も終わりかけた今、こうして出会えたことはこれ以上ない幸運と言える。

しかし、そうはいっても、この状況で喜べる程、芽衣の肝は据わっていなかった。

やがて、男は突如、小さな声でボソボソとなにかを呟きはじめる。

「……ら……ぬか……」

空気が震えるような低い声に、芽衣の恐怖はみるみる増していく。——しかし、そのとき。

「くす、り……、……ぬか……」

薬、と。そう聞こえた気がして、芽衣の心臓がドクンと大きく鼓動した。

やはりこの男こそ香具師の亡霊に間違いないと、予想が確信に変わっていく。

芽衣はゴクリと喉を鳴らし、覚悟を決めて男を見つめた。

「今、薬……って、言い、ました……?」

震える声で尋ねると、男の手がピクリと反応する。

そして、男はガクガクと気味の悪い動作で、ゆっくりと顔を上げた。

「っ……」

その顔を見た瞬間、芽衣の頭は真っ白になる。

それは無理もなく、頬は痩せこけて目が落ちくぼんだその顔は、もはや骸骨《がいこつ》そのものだった。

「薬が、……欲しい、のか……？」

男は客を見つけた興奮からか、芽衣の両肩を掴んで詰め寄ってくる。

「待っ……て、くださ……」

芽衣は焦り、必死に男の体を押し返した。

芽衣の心の中では、恐怖と期待がせめぎ合っていた。

正直、逃げ出したいくらいに怖ろしいけれど、この男が芽衣の望むものを持っているかもしれないと思うと、このチャンスを無駄にはできない。

「薬、欲しい、です……。いただけますか……？」

無理やり声を絞り出すと、男は傍にあった大きな木箱を引き寄せ、枯れ枝のように細い指で蓋を開ける。

中は小さな木枠で仕切られ、薄い和紙に包まれた丸薬《がんやく》や、薬草らしきものがずらりと並べられていた。

どれも見たことのないものばかりだが、種類の多さに芽衣の期待は膨らむ。

芽衣はそれらを一通り眺めた後、男に視線を向けた。

「あの……、蛇石という、毒を吸い出す石があると聞いて……」

わずかな沈黙が、緊張を煽る。——しかし。

男は芽衣をじっと見つめ、やがて、ゆっくりと首を横に振った。

「蛇石、は、……持って、おらぬ」

たったのひと言で、あまりにもあっさりと希望が打ち砕かれてしまった。芽衣は恐怖すら忘れて男を茫然と見つめる。

「香具師さんなら持っていると……」

「蛇石、とは……、稀《まれ》にしかお目にかかれぬ……、極めて、珍重なものだ」

「そう、なんですか……」

芽衣ががっくりと項垂れると、男は木箱をそっと閉めた。

売れないとわかり、立ち去ってしまうのだろう。芽衣はせめてお礼だけでも伝えようと、顔を上げる。――すると。

「ただし……、作れなくは、ない。……お前が、蛇石の物《もの》の具《ぐ》を、手に入れてくるならば」

突如、男は思いもしない言葉を口にした。

「蛇石の、もののぐ……？　材料ってことですか……？」

男が深く頷いた瞬間、芽衣の心の中で、消えかけていた希望がかすかに光を取り戻す。

「教えてください……！　なにを持ってきたら作れるんですか……？」

もはや芽衣の恐怖心はすっかり影を潜めていた。身を乗り出さんばかりの勢いで尋ねると、男はこくりと頷く。——しかし。

「獣の骨が、必要だ。……ただし、大きくなければ、蛇石は作れぬ。せめて、……牛の、骨だ」

「牛の……、骨……？」

「特殊な方法で、それを焼き……、燃え残ったもので、蛇石を作る。……故に、小さい骨では、消えてなくなる」

「そんな……」

「牛を、一頭。……捕まえてくるならば、後は、私に任せるがよい」

「……」

牛を捕まえるなんて、とても現実的な話ではない、と。芽衣はふたたび途方に暮れた。

そもそも現代の日本には、野生の牛などほとんど存在しない。

蛇石というからには、おそらく蛇や石を使うのだろうと安易に考えていた芽衣は、その話を聞いて完全に打ちのめされた。

「残念ですが……、牛の骨を用意するのは、難しいです……」

今度こそ希望は尽き果てたと、芽衣は溜め息をつく。

天が早く良くなるためなら、どんなことでもしたいという並々ならぬ気合をもってしても、これぱかりはどうにもならなかった。

芽衣はついに諦め、立ち上がろうとした、そのとき。

男が、芽衣の腕をぐいっと引いた。

「……待て」

男の力は強く、芽衣はバランスを崩して地面に膝をつく。――そして。

「そこまで欲するならば……、捜してやってもよい。……保証はせぬ。だが……、当てが、なくはない」

男は、芽衣の目をまっすぐに捕えてそう言った。

闇《やみ》を詰め込んだかのような眼窩《がんか》が迫り、薄れていたはずの恐怖がじりじりと存在感を増していく。

「当て……、ですか……？」

「……これで手に入らねば、もはや、どこにも存在せぬ」

芽衣はゴクリと喉を鳴らした。

つまり、今度こそ、間違いなく最後の希望ということになる。

ただ、そのときの芽衣は、期待と同時に、妙な胸騒ぎを覚えていた。

男の口調が、さっきまでとは違い、ずいぶん高揚しているように感じられたからだ。

芽衣が戸惑っていると、男は口元に薄く笑みを浮かべる。

「ただし、――もし手に入れれば、それ相応の対価を要求する」

「対価……？」

「お前が死んだ後、――その体が欲しい」

「私の、体……？」

意味を理解するより早く、ゾクッと全身が冷えた。

男はこれまでになく必死な様子で芽衣に詰め寄る。

「くれ……。死んでしまえば、体など無意味だろう……」

「どうして……。どうするつもりですか……？」

「ヒトの臓器や骨を使い、薬を作る坊主がいる。……とてつもなく希少なものだ。闇で取引されているが、目にしたことはない。……どうしても、一度手にしてみたいのだ……」

「……ヒトの体から、薬……？」

男が望んだ対価は、想像をはるかに超えるものだった。

現代にも、たとえば血液製剤のように、人間の成分から生成する薬は多く存在するが、男が生きていた時代にそんな技術はない。

しかも、男が欲しているのは死体だ。なにをどうすれば薬になるのか、怖ろしくてとても尋ねる気にはなれなかった。

「約束を交わすならば、蛇石を捜してきてやる。……なにも、今すぐ死ねと言っているわけではない。……さあ、死んだらその体すべてを譲ると言え」

「ちょっと待っ……」

「……必要なのだろう。蛇石が。……もし約束するならば、お前が必要とするたび、私の薬すべてをお前に譲ってやる」

「……」

男は、さっきまでとは別人のように流暢《りゅうちょう》な口調で芽衣にたたみかける。

そのあまりの圧に、芽衣はなにも言えなかった。

もちろん、蛇石は欲しい。それに、天たちに効く薬がなかなか手に入らない環境の中、男の提案には確かに魅力がある。

とはいえ。求められる対価はあまりに異常だった。

「死んだ後の体に、なにを迷うことがある。……置いておいても、ただ腐るだけだというのに」

「……そんな、簡単に言われても……」

「いいや、とても簡単なことだ」

「待っ……」

芽衣はじりじりと後ずさるけれど、男はさらに身を乗り出す。

――首を縦に振るまで、解放しないつもりだ……。

芽衣の頭に、怖ろしい予想が過った。

逃げたくとも、腕を捕える男の力はあまりに強く、とても振りほどけそうにない。

それに、男には、下手《へた》なことをするとなにをされるかわからない、得体の知れない気味悪さがあった。

死んだら体をくれと言うが、頷いた途端に殺されてしまう可能性だってなくはない。

どんどん膨らむ恐怖に、芽衣の体がガクガクと震えはじめた。

「さあ……、返事を早く……、早くくれ……、体を……」

「っ……」

ついに声が出せなくなった芽衣に、男はニヤリと笑みを深める。――そして。

「沈黙は、つまり……、肯定と取ってよいか」

男はそう言うと、芽衣の首元に手を回した。

ひやりとした感触に、全身がゾッと泡立つ。

このままでは本当に殺されてしまうと、必死に男を押し返そうとするものの、力ではとても敵わなかった。

「待ってみるものだ。……若く上質な体が手に入るとは……」

男はそう言うと、首に回した手にぐっと力を込める。たちまち呼吸が苦しくなり、混乱と恐怖で思考が曖昧になった。

なんとか逃げなければと思っているのに、酸素の足りない頭ではなんの策も思いつかない。

意識が遠退《とおの》いていく中、心の中に浮かんでくるのは、心配しながら送り出してくれた因幡や燦の顔。そして、苦しそうに眠る天の姿。

――こんなところで死ぬわけにはいかない……。

皆のことを思い出し、気持ちだけは奮い立つものの、相変わらず体に力が入らなかった。

しかし、――そのとき。

突如、芽衣の体が勢いよく後ろへ引かれ――、背中が温かいものに抱き留められた。

男の手が首から離れ、芽衣は状況を理解する間もなく激しく咳き込む。けれど、――背中を摩《さす》る大きな手の感触を覚えた瞬間、すべてを察した。

見上げると、そこにいたのは、会いたくてたまらなかった姿。

――天さん……。

寝込んでいたはずの天が、芽衣を見下ろしていた。

天はほっと息をつくと、突然のことに動揺している男を睨みつける。

「諦めろ。……お前には、髪の毛一本たりとも渡さない」

声を聞いた瞬間、涙がじわりと滲んだ。

どうしてここにいるのか、体は大丈夫なのか、聞きたいことは次々と浮かんでくるのに、天が傍にいるという事実に胸がいっぱいで言葉にならない。

男は天に威圧され、じりじりと後ずさると、薬の入った木箱を抱えた。――そして。

「……交渉していただけだ。……だが、今決裂した」

そう言い残し、芽衣たちに背を向けると、たちまち空気に溶け込むかのように姿を消してしまった。

途端に、辺りがしんと静まり返る。

怒涛の展開に頭が付いていけず、芽衣は男がいたはずの場所を茫然と見つめていた。

我に返ったのは、天の体重が背中に伸《の》し掛かった瞬間のこと。

驚いて見上げると、天はいかにも苦しそうに浅く呼吸していた。

「天さん……！」

その様子からは、とても回復しているようには見えなかった。おそらく、芽衣が関宿に向かったことを知り、無理して駆け付けてくれたのだろう。

芽衣の顔からサッと血の気が引いた。

慌てて天の体を支えると、天は芽衣の肩に額を委ね、ぐったりと脱力する。

「天さん、どうしてこんなこと……！」

「……どうしてもこうしてもない。……大人しくしているなんて思ってはいなかったが、案の定だったな……」

「すみません……。だけど、早く治ってほしくて……」

「蝦蟇の油に蛇石か」

「どうしてそれを……？　因幡から聞いたんですか……？」

天は芽衣の肩に頭を預けたまま、こくりと頷く。

「夜中に目覚めて、芽衣の気配がなかったから因幡を問い詰めた。ここしばらく、妙なことをしてる気配は感じてたが……、こんなところでおかしな奴に襲われて、……

何やってるんだ、お前」

「ごめんなさい……」

　辛そうな天の声を聞きながら、強い後悔が押し寄せてきた。

　すべては天に治って欲しいと考えてのことだったけれど、結果、こんなに無理をさせてしまったのでは元も子もないと。

「……少しくらいじっとしてられないのか」

　責められているのに、天の声はやけに優しい。仕舞いこんでいた弱音が思わず込み上げ、じわりと涙が溢れた。

「だって……、因幡が、ほんの数年で治るなんて言うんですもん……。私にとっての数年は、全然少しじゃないです……。本当に何年も治らなかったら、どうしようって……」

　これは我儘《わがまま》だと、わかっているからこそ胸が苦しい。

　すると、天は芽衣の背中にそっと腕を回した。──そして。

「……わかってる。俺も、──一分たりとも無駄にする気はない」

　呟くようなその言葉が、芽衣の心にじんと響いた。

「天……さん……？」

「……意地でも、あと数日で治してやる。だから……、頼むから、もう一歩も外に出るな」

「……っ」

天の声があまりにも切なげで、返事は声にならなかった。

代わりに何度も頷くと、天はほっと息をつく。

「……帰るぞ」

芽衣が頷くと、天は狐へと姿を変えた。

帰り道は、天の背中に掴まりながら、芽衣はただただ反省や後悔の念や自分のふがいなさに苛《さいな》まれた。

やおよろずへ着くと、天はそのまま屋根を伝って三階へ上がり、窓から部屋に入るやいなや、ヒトの姿に戻って布団に崩れ落ちる。

「天さん、本当にごめんなさい……」

芽衣が謝ると、天は薄っすら目を開けた。額には汗が滲んでいて、芽衣はそれを拭おうと、用意されていた桶《おけ》に手ぬぐいを浸す。

けれど、桶の水はぼんやりと生温《なまぬる》い。

「天さん、桶の水を替えてきますね……」

しかし、立ち上がろうとした、そのとき。

やんわりと、手首を掴まれた。

「天さん……？」

「一歩も出るなって言ったろう」

「はい、もう出ません……。厨房に行くだけですから」

「違う。……俺の部屋から、一歩も出るな」

「え……？」

まさかの言葉にポカンとしていると、天は手首をさらに強く引き寄せ、倒れ込んだ芽衣をまるで抱き枕のようにがっちりと拘束したまま、静かに寝息を立てはじめた。

「天……、さん……？」

たちまち混乱するものの、当の天には、もはや意識がない。

とはいえ、芽衣の体に回された腕の力は、とても寝ているとは思えない程に強く、まったく身動きが取れなかった。

結局、どうやってもほどくことはできず、やがて抵抗を諦めた芽衣は、天の腕の中に大人しく収まる。

次第に気持ちが落ち着きはじめると、ここ数日の出来事が次々と頭の中を巡った。

曖昧な情報をもとに暴走した結果、仕事中のシロの手を借り、蝦蟇の眠りを妨げ、因幡や燦にも心配をかけた上に我儘を通し、終《しま》いには亡霊に殺されかけ、――整理すればする程、なにもかもが滅茶苦茶だった。

こういうとき、自分はやはりただの平凡な人間なのだと実感する。

――本当に、なんの力もない……。

小さく溜め息をつくと、天の髪がさらりと揺れた。

ふと視線を上げれば、目の前には天の寝顔。

睫毛《まつげ》が触れてしまいそうな近さに動揺するものの、天が深い眠りについているのをいいことに、芽衣はその無防備な姿を見つめる。

「数日で治すって約束、忘れないでくださいね……」

届かない呟きが、静かな部屋に吸い込まれた。

やがて、天の規則的な寝息を聞いているうちに、瞼が徐々に重くなりはじめる。

逆らわずに目を閉じると、天の甘い香りがたちまち心地よい眠りへと誘《さそ》った。

今日も、壮絶で、不安で、天のことばかりを考えた一日だった、と。芽衣は様々な出来事を頭に浮かべながら、意識を手放した。


目を覚ましたのは、外がすっかり明るくなった頃のこと。

眠りについてまだほんの数時間しか経っていないはずなのに、芽衣の頭は不思議とスッキリしていた。

天は相変わらず深く眠っていたけれど、両腕にはもう力が込められておらず、芽衣は布団からそっと抜け出し、音を立てないように桶を抱えて立ち上がった。

しかし、出入り口の戸の前でふと、天の「部屋から一歩も出るな」という言葉を思い出す。

——さすがに冗談だよね……？

やおよろずから出るなと言うのならともかく、部屋を出るなと言われると、水も用意できないし、蝦蟇の油も因幡に任せっきりになってしまう。

芽衣は少し考え、取っ手に手をかけた。——けれど。

「あれ……？　開かない……」

普段は当たり前に開くはずの戸が、ビクともしない。

芽衣は戸惑い、戸の前でいつも番をしている埴輪《はにわ》に向けて声をかけた。

「埴輪さん……？　開かないんだけど……」

しかし、まったく反応はない。

芽衣はしばらくその場に立ち尽くした後、やがて、天の言葉は本気だったのだと察した。

「当たり前だけど……、やっぱり全然信用されてない……」

天の策は極端だが、こればかりは、文句を言えた立場ではなかった。

とはいえ、これではなにもできないと、頭を抱える。

するとそのとき。

「おい、芽衣……！」

戸の奥《おく》から、因幡の声が届いた。

「因幡……！　ごめん、いろいろ報告したいことがあるのに、開かないの……」

「ほう。蛇石の入手に大失敗して軟禁されているという話は本当だったか……！」

「な、軟禁……。っていうか、どうしてそれを……？」

「どうしてもなにも、天から聞いたからだ。つい先程、天が久しぶりに厨房に顔を出したのだ」

「う、嘘でしょ……！」

芽衣はその報告に愕然とした。

天の姿勢は寝たときから変わっていなかったはずだが、因幡の話が本当ならば、一度起きた上、おまけに厨房に顔を出したらしい。

一日中眠っていた以前に比べれば復調しているのかもしれない、と。ほっとする一方で、芽衣の心の中には少し複雑な感情が渦巻いていた。

「それにしても芽衣よ。病人を差し置いて爆睡するとは、見上げた図太さだな」

「や、やめて……、言わないで……」

思っていたことを口に出され、情けなさと恥ずかしさで居たたまれず、芽衣はがっくりと項垂れる。

すると、因幡はいかにも楽しげに笑った。

「ともかく、蝦蟇の油ならまだ煮詰めているから、完成したら届けてやる。安心して軟禁されておけ！」

「因幡……、全部やらせちゃってごめんね……」

「いや、いいのだ。……実は、俺も少々言い辛いことを思い出してしまい、困っていたところだ」

「なにそれ……。言い辛いなんて言われると怖いんだけど……」

「気にするな、そのうち話してやる！　とにかく、そういうわけですべてチャラだ！　では、健闘を祈る！」

「ちょっと待っ……！」

慌てて引き留めても因幡は聞く耳をもたず、ドタドタと階段を駆け下りる音が響く。

芽衣は小さく溜め息をついた。

そして、寝室に戻ろうと振り返った、そのとき。

「芽衣さん」

今度はドア越しに、艶《つや》めかしい声が響く。

「黒塚さん……！」

昨晩、黒塚は野暮用があると、関宿へ着いた途端に一人でどこかへ消えてしまった。

少し気がかりだったけれど、もう戻って来ていたらしい。

「ごめんなさいね、芽衣さん。まさか、香具師の亡霊がヒトの体を欲しがっているなんて、知らなかったものだから。わざとじゃなかったのだけど……、生きていたなんて、さすが、逞《たくま》しいのね」

「恐縮です……」

いつも通り、しっかりと皮肉を込めながら謝られ、芽衣は苦笑いを浮かべた。

すると、黒塚は普段と変わらない様子で、クスクスと笑う。

「怒らないで、芽衣さん。お陰で、天様を独り占めできるのでしょう？」

「ちょっと……。その言い方は、かなり語弊がありますから……」

否定しながらも、独り占めと言われた瞬間に朝方のことを思い出し、動揺から語尾が小さくなった。

黒塚はすべて見透かしているかのように、ふたたび笑う。

少し前の芽衣なら、黒塚はまた自分をからかって遊んでいるに違いないと、早々に話を切り上げていただろう。

けれど最近は、――それこそ、蝦蟇の一件以来、黒塚は実は芽衣に協力的なのではないかという解釈をいまだ否定できずにいた。

現に、黒塚の協力には必ず危険が伴うが、それ相応の収穫もある。今回だってそうだ。

殺されかけはしたものの、確かに香具師の亡霊は存在したし、蛇石の情報も持っていた。

「とにかく……、蛇石は手に入りませんでしたけど、入手が難しいってことがよくわかったので、諦めがつきました。……香具師の情報、ありがとうございました」

芽衣がお礼を口にすると、黒塚の笑い声がスッと止まる。

戸越しにも、黒塚がポカンとしている空気が伝わってきた。

「あら、まあ。……まさかお礼を言われるなんて」

「死ぬ程危なかったこと以外は、感謝してますから」

「芽衣さんは、呆れる程お人好しなのね……。そうやって、安易に心を開かない方が賢明だと思うけれど」

「……心に留めておきます」

真実を知りたくとも、黒塚への質問がいかに不毛かを芽衣はよく理解している。これまでにも、核心に触れようとするたび、適当な言葉で流されてきたからだ。――けれど。

「……黒塚さん。ひとつ、気になってることがあって」

最近の芽衣は、ほんのわずかに、黒塚のことをわかりはじめている。

「あら、なあに？」

「――野暮用って、なんだったんですか？」

普段の黒塚は、なにもかもを皮肉や戯れで誤魔化しているけれど、――ときどき、ほんの一瞬だけ、心が無防備になるときがある。

たとえば、関宿で「野暮用」と口にしたときもそうだ。

おそらく、黒塚の大切ななにかに触れた瞬間なのだろうと、芽衣は思っていた。

黒塚は、しばらく黙っていた。もしかすると、今もあの切ない表情を浮かべているのではないかと、芽衣はふいに心配になる。

「黒塚さん、立ち入ったことを訊いてすみません……。忘れてください。ただの興味本位ですから」

質問を取り下げると、戸の向こうの空気が、かすかに緩んだ気がした。

芽衣はほっと息をつく。――けれど。

「墓参りよ。――愛娘のね」

ぽつりと呟いた黒塚の言葉に、芽衣は目を見開く。

「え……？」

「……さて。天様に会えないのなら、私はもう行くわね」

それ以上の質問を拒否するとばかりに、黒塚の気配は、あっという間に消えてしまった。

けれど、そのときの芽衣の頭には、ひとつの可能性が過っていた。

黒塚の心にあり続けるのは、おそらく、ずっと昔に亡くなったはずの娘のこと。

そして、黒塚が自ら娘を殺しかけた運命の日、――居合わせた芽衣や天のことを、黒塚は覚えているのではないか、と。

当時の黒塚は、完全に我を失っていた。

だから、芽衣たちのことを覚えている可能性はないと思っていた。

たとえ覚えていたとしても、何百年も後に改めて出会った芽衣たちが同一人物だなんて、思い付きもしないだろうと。

けれど、――おそらく、黒塚は記憶している。

そう考えれば、黒塚が二本松《にほんまつ》から遠く離れた伊勢に居座る理由や、なんだかんだで芽衣に助け舟を出してくれる理由も、すべてしっくりくる。

ただし、それを尋ねたところで、黒塚が答えをくれないことは火を見るより明らかだった。それこそ、適当なことを言って流されてしまうだろう。

だから、芽衣は真相を知りたい気持ちを抑え、その予想を自分の心に秘めていようと思った。

黒塚にとっても、おそらく、得体の知れない妖としてここにいる方が、居心地がいいのだろう。

それに、こうしてひとつ明かしたところで、黒塚の内面については、まだまだ理解できないことの方が多い。

過去を変えたことによって繋がったこの複雑な縁は、良縁にも、一歩間違えれば悪縁にもなり得る。

芽衣はこの巡り合わせを不思議に思いながら、天が眠る寝室へ戻った。

＊

天は宣言通りにみるみる回復し、三日も経てばずいぶん長く起きていられる程になった。

その間、芽衣は仕事も畑の世話もなにもせず、ただ天に付き添っていた。

因幡は「軟禁」と表現していたけれど、部屋から出なくとも天の部屋には大概のものが揃っているし、飲み水や氷だけは届けてもらわねばならないが、それ以外、とくに不自由はない。

むしろ、なにもせず、危険もなく、ただゆったりと過ごす日々は久しぶりで、心や体に蓄積された疲れが癒されていくような、ある意味、良い休暇となった。

ちなみに、芽衣が寝ているのは、寝室の隣の部屋。どこで集めてきたのかわからない、ごちゃごちゃした美術品らしきものを端に避《よ》けて無理やり布団を敷いている。

天の寝室との間を隔てているのは天井から吊るされた布たった一枚だが、初日に抱き枕状態を経験したせいか、とくに戸惑うこともなかった。

そんな、ある日。

「なんなの、これ……。象……？　すっごい光ってるけど、純金じゃないよね……」

天が用事で厨房へ行っている間、時間を持て余した芽衣は、足元に避けた美術品の手入れをしていた。

今、芽衣が手にしているのは、金色の象の置物。手のひらサイズだが、やたらとずっしりしている。もし純金だったなら、とんでもなく高価な品だ。

「だとしたら、こんなところに放置するわけないか……」

一度は否定したものの、布で拭くと艶が増し、異様なまでの高級感を醸《かも》し出している。芽衣は思わずそれを床に戻し、ゴクリと喉を鳴らした。――そのとき。

「なにをブツブツ言ってる。……それは、荼枳尼天の趣味だ。勝手に持ってきて置いて行った」

いつの間にか戻っていた天に、背後から声をかけられた。

「天さん……。おかえりなさい。……納得しました。すごい派手だし、いかにも荼枳尼天様っぽいですね……」

「ちなみに純金だ」

「っ……」

純金の置物を足元に置いて寝ていたなんてと、芽衣は絶句する。すると、天は芽衣の横に腰を下ろし、さほど興味もなさそうにそれを抱え上げた。

「これだけの金も、置物にされると使い様がない」

「……そういう問題でしょうか……」

「価値感はそれぞれだろう」

「それは、まあ……」

芽衣は苦笑いを浮かべ、天の横顔を見上げる。

天の顔はずいぶん血色が良くなっていて、芽衣はほっと息をついた。

「かなり回復したみたいですね」

「……ああ。やおよろずもそろそろ通常営業だな」

「よかった……」

一時はどうなるかと思ったけれど、ようやく、すべてが元通りになろうとしていた。

すると、天がふとなにかを思い出したように、懐から笹の包みを取り出す。

「……なんですか？　それ」

「完成したらしい」

「え……？　って、もしかして……」

完成したと言われて思い出すのは、たった一つ。因幡が煮詰め続けてくれた、蝦蟇の油だ。

　天が笹の葉を開くと、中から、半透明でねっとりした形状のものが現われる。

　ほんの爪の先程の量だが、もともとの蝦蟇の油の量を考えると、むしろ多いくらいだった。

「これ、蝦蟇の油でしょう？　すごい……、ちゃんと薬っぽくなってる」

「しかるべきときに使え、だそうだ」

「え？　因幡が言ってたんですか……？　しかるべきときって、まさに今ですよね……？　天さんの毒、まだ完全に抜けきれてないでしょう……？」

「だが、これの効能は、あかぎれだ」

「……はい？」

　言葉の意味が理解できず、ポカンと口を開ける芽衣を見て、天は堪えられないとばかりに笑い声を零した。

「〝煮詰めながら思い出したが、薬であることに変わりはなく、一応完成させておいたから許せ〟――だそうだ」

「あかぎれ……」

　たしかに、蝦蟇の油はねっとりとしていて、いかにも皮膚の保護によさそうな見た目だ。

しかし、必死になって蝦蟇を捜し、部屋は蝦蟇の油でベタベタになり、そこから死に物狂いでかき集めた苦労を思うと、ショックが大きい。

ふと頭を過るのは、因幡が口にした「少々言い辛いことを思い出した」という言葉。

あれはそういうことだったのかと、芽衣は納得した。

「別に、今となってはどっちでも構わないだろう。俺の毒なら、放っておけばそろそろ抜ける」

「そうですけど……。散々迷惑をかけたのに、本当に無意味だったと思うと……」

「使えば済む話だ。……あかぎれになれば」

「そうですが……。あいにく、皮膚が丈夫で……」

芽衣は頭を抱える。

ただ、不思議と、天の表情は穏やかだった。

騒いで余計なことをした結果がこんな形になり、苦言のひとつくらい言われてもおかしくないのにと、芽衣は不思議な気持ちで天を見つめる。――すると。

「……悪かったな」

突然謝られ、芽衣は目を見開いた。

「え……？」

「俺が毒を受けたのがそもそもの原因だ」

「そんな……！　あれだけの数の毒蜘蛛がいたんですから……！」

「いや、考えが足りなかった。俺が寝込めばお前が無茶することくらい、予想ができたはずなのに」

「天さん……！」

まさか自分を責めるとは思いもせず、芽衣は慌てて首を横に振った。

しかし、天はそれを受け入れてはくれなかった。

やがて、天は戸惑う芽衣を他所に、蝦蟇の油をふたたび笹の葉で丁寧に包む。芽衣は、いかにも大切なものを扱うようなその仕草に、思わず見入ってしまった。――そして。

「これは、俺が貰っておく」

「え……？　ですけど、天さんには意味がないんじゃ……」

「意味はなくとも価値はある」

「えっと……」

「価値観はそれぞれだろう」

「天さん……」

それは、ついさっき聞いたばかりの言い回しだった。

純金の象はぞんざいに扱うくせに、天は、無意味なはずの蝦蟇の油を注意深く懐に仕舞う。

それがなにを意味しているのか、考えると心がぎゅっと震えた。——そして。

「そろそろ、この軟禁も解除だな」

「あ……」

ふいに天が呟いた言葉で、最初に覚えたのは寂しさだった。

日常が戻るのはなによりだけれど、同時に、天の傍に居続けたこの日々が終わってしまうと思うと複雑でならなかった。

「そっか……。部屋に戻らなきゃですね」

芽衣はなんとか笑みを繕い、小さく俯く。——しかし。

「部屋には戻らなくていい。どうせ、まだ蝦蟇の油まみれだろう」

まさかの言葉に、芽衣はふたたび顔を上げた。

「え……？」

「元通りにしたくとも、俺が完全に回復するまでは術が使えない。もうしばらくここで過ごせ」

「あ、あの……」

「……別に監視が目的じゃないから心配するな。部屋の境には衝立《ついたて》を置くから少し我慢し──」

「いいんですか……？」

言い終えるのを待たずに目を輝かせた芽衣に、天は面喰らっていた。

やがて、呆れたように溜め息をつく。──そして。

「……そう手放しで喜ぶな」

「え？」

「なんでもない。……不要なものを捨てれば、多少は広くなる。好きに使え」

そう言うと、立ち上がって寝室に戻った。

「休みますか……？　なにかあったら呼んでくださいね」

「……ああ」

口調がいつもより少しぶっきらぼうに思えたけれど、芽衣は、あまり深くは考えなかった。

天の気配のあるこの部屋でもうしばらく過ごせることが、ただ嬉しかった。

こうして、──毒蜘蛛の事件がきっかけとなった思わぬ中休みは、数々の壮絶な出来事に見舞われながら、終わりを迎えようとしていた。

天が完全に回復すれば、間もなくヒトに戻るための旅も再開するだろう。

バタバタと忙《せわ》しない中、天が用意してくれた軟禁生活は、芽衣にとって、誓いを新たにするきっかけとなった。

心から離れないのは、天が口にした「一分たりとも無駄にする気はない」という言葉。

思えば、これまでの芽衣は、天と自分とではなにもかもが違いすぎて、心のどこかに、どうしても越えられない壁の存在を感じていた。

けれど、天は、芽衣と同じ時間の感覚の中で生きようとしてくれている。

その思いは、芽衣の壁をあっさりと砕いた。

「……躊躇っていられないですね。一分も無駄にできないもの」

小さな呟きは、天には届かない。

芽衣は大袈裟に袖を捲り、ふたたび美術品の手入れをはじめた。

双葉文庫

た-46-17

神様《かみさま》たちのお伊勢参《いせまい》り❽

湯玉《ゆだま》の温泉《おんせん》と蝦蟇《がま》の毒《どく》

2020年9月13日　第1刷発行

【著者】

竹村優希《たけむらゆき》

©Yuki Takemura 2020

【発行者】

島野浩二

【発行所】

株式会社双葉社

〒162-8540 東京都新宿区東五軒町3番28号

［電話］03-5261-4818(営業)　03-5261-4851(編集)

www.futabasha.co.jp(双葉社の書籍・コミックが買えます)

【印刷所】

中央精版印刷株式会社

【製本所】

中央精版印刷株式会社

【フォーマット・デザイン】

日下潤一

落丁・乱丁の場合は送料双葉社負担でお取り替えいたします。「製作部」宛にお送りください。ただし、古書店で購入したものについてはお取り替えできません。［電話］03-5261-4822(製作部)

定価はカバーに表示してあります。本書のコピー、スキャン、デジタル化等の無断複製・転載は著作権法上での例外を除き禁じられています。本書を代行業者等の第三者に依頼してスキャンやデジタル化することは、たとえ個人や家庭内での利用でも著作権法違反です。

ISBN978-4-575-52400-0 C0193

Printed in Japan